Un roman de

LES ABSENCES DE HAÏM BIRKNER

Omer Meir Wellber

Les Absences
de Haïm Birkner

Traduit de l'hébreu
par Laurence Sendrowicz

Omer Meir Wellber

Éditions
du sous-
sol

Citation en exergue :
Nurit Yaari, *Le Théâtre de Hanokh Levin*, trad. de l'hébreu par Laurence Sendrowicz, © Ed. Théâtrales, 2008

Certains termes ou noms propres se trouvent expliqués dans le glossaire en fin d'ouvrage.

Titre original : *Die vier Ohnmachten des Chaim birkner*
Titre original en hébreu : הסיפור של חיים

Cet ouvrage a été publié pour la première fois en 2019 par Berlin Vag in der Piper Verlag GmbH, Munich / Berlin

Conception graphique : gr20paris

ISBN : 978-2-36468-493-5

Celui qui voit les morts, n'a pas de mots
il se met à l'écart et reprend sa vie, à
jamais perdant.

Hanokh Levin

INTRODUCTION

“Bonjour, je m’appelle Noga Shlomo et je travaille pour le site Shofar d’Israël. Je vous ai parlé d’un reportage que nous préparons sur les personnes les plus âgées du pays, vous vous en souvenez ?”

“Bien sûr. D’ailleurs, je me souviens encore de beaucoup de choses, si c’est pour ça que vous appelez.”

“Je ne doute pas que vous ayez, Dieu merci, une bonne mémoire. Ce qui, tout de même, est un vrai miracle.”

“Un vrai miracle ? Si vous voulez absolument que ça ait un rapport avec le bon Dieu, alors écoutez-moi bien : ce serait plutôt à cause de lui. Certainement pas grâce à lui.”

J’ai pensé : au cas où elle fait partie de ceux qui restent ici, que ça lui serve de leçon.

“Vous comprenez que vous êtes à présent la personne la plus âgée d’Israël ? Vous êtes né en 1930. Hier, s’en est allé le plus vieux d’entre nous.”

“Jusqu’à hier.”

“Pardon ?”

“Le plus vieux jusqu’à hier.”

“Ah oui, c’est ce que je voulais dire. À partir d’aujourd’hui, c’est vous.”

“Peut-être que dès demain, ce sera quelqu’un d’autre.” Nous avons tous les deux ri.

“Alors, ça vous fait quoi ?”

“Écoutez, ma petite, je n’ai jamais eu l’intention d’atteindre les cent-huit ans. Je ne suis même pas certain d’avoir eu l’intention d’atteindre les vingt ans.”

“À cause de la guerre ?”

“Je ne sais pas. Et pour répondre à votre précédente question, ça ne me fait rien de particulier.”

“Demain, une équipe de Shofar d’Israël va venir filmer votre anniversaire. Parce que c’est tout de même extraordinaire.”

“Franchement, j’aurais préféré avoir d’autres invités que des gens de chez vous. Vous habitez où ?”

“Quelle importance ? Excusez-moi, mais ce n’est pas le sujet du reportage.”

“Vous restez ici ou vous avez l’intention de quitter le pays ?”

“Je reste, évidemment.”

“Évidemment. Pourquoi devriez-vous payer si d’autres peuvent le faire à votre place, n’est-ce pas ? Eh bien, voilà, moi, je vais payer pour vous. Je pars.”

“Ce n’est pas le sujet. Pouvez-vous juste me dire quelle impression ça fait d’avoir cent-huit ans ?”

“C’est que, ma chère Noga Shlomo, je ne suis pas certain d’avoir envie d’en discuter avec vous. Je vous souhaite donc bonne chance, à vous et à tous ceux qui restent. Maintenant, si vous voulez une réponse idiote à la question idiote que vous m'avez posée, la voilà : je me sens très bien, très privilégié et en même temps très triste en pensant à tous les amis, toutes les connaissances que j'avais et qui ne sont plus là. O.K. ? Ça vous va ?"

"J'espère au moins que vous saurez vous montrer aimable envers nos caméramans, ils ne vous ont rien fait de mal."

Quel culot, celle-là !

"Écoutez bien, ma petite... allô..."

Elle avait déjà raccroché.

1

J'avais onze ans, c'était un samedi matin, je suis allé avec mon père à la synagogue du quartier. Sur le chemin, on nous a insultés, alors il m'a attrapé par le bras et on a commencé à courir, j'ai glissé, je me suis fait mal, on a quand même continué. Une fois arrivés sur place, on n'a trouvé personne. Mon père m'a fixé du regard, intensément, et il a dit : “Une synagogue vide, c'est comme un théâtre sans acteurs.”

“Et si on s'était trompés de jour ?” ai-je suggéré.

Il a ri.

J'ai toujours pensé que le rire et la peur allaient de pair, parce que chez lui, l'un comme l'autre étaient très développés. Parfois, je me demande ce qui a précédé, du rire ou de la peur… Qui s'attendrait à ce qu'un homme doté d'un tel sens de l'humour craigne quelque chose qu'il pourrait désamorcer par une bonne blague ? Et inversement, comment un homme peureux aurait-il le temps de cultiver son sens de l'humour ?

À l'étage juste en dessous de chez nous, il y avait un bureau ou peut-être un cabinet d'avocats. Notre immeuble se trouvait au fond d'une cour ou plutôt d'un jardin et je ne connaissais pas le nom de tous les gens qui habitaient dans l'autre immeuble, celui en façade. Je me souviens d'une dame qui nourrissait les chats de gouttière. Un jour que j'allais à l'école et traversais son bâtiment pour sortir, je l'ai vue qui s'apprêtait à descendre avec du lait et du fromage. Elle a attendu que je passe. Je me suis dit qu'elle venait certainement d'une famille de la haute société, parce qu'une telle éducation, ça ne se voyait pas tous les jours.

"Ne t'arrête pas, ne t'arrête pas !" m'exhorta mon père.

"Pourquoi ?"

"Pour éviter les embrouilles. Fais comme si on n'était pas là", me chuchota-t-il.

"Comment ?"

"Évite de regarder, c'est tout."

Franchement, je n'ai pas compris. D'ailleurs, éviter de regarder quelque chose ne signifie pas que tu n'existes pas. Quoi, on n'a pas entendu des tas d'histoires sur des aveugles qui se faisaient dépouiller ou renverser par des voitures ?

"On rentre à la maison ? On ne devrait pas plutôt garder la synagogue jusqu'à l'arrivée du bedeau ?"

"Quand tu seras grand, arrange-toi pour n'avoir jamais rien à garder", m'assena-t-il.

L'après-midi, ne restaient que quelques traces de fromage dans les récipients. Les beaux jours d'hiver, les chats s'allongeaient de tout leur long sur le trottoir, écrasant leur petite bedaine dans les taches de soleil que laissaient passer les immeubles.

Le matin, on pouvait en trouver au moins dix ainsi éclairés, mais au fil de la journée, ces îlots de chaleur se raréfiaient. En rentrant ce jour-là de la synagogue, on n'en a vu que trois petits qui se prélassaient dans la rue.

"Combien de chances un être humain peut-il espérer obtenir ?" s'interrogea mon père en les désignant du doigt.

"Quand je serai grande, je veux être danseuse", déclara Leon. Elle sautait d'une tache de soleil à l'autre et se fendit soudain d'une arabesque.

J'avais peu d'amis parce que je n'avais pas envie de me lier avec trop d'enfants, mais elle, elle était spéciale. Elle s'appelait Lea. Moi, je l'appelais Leon parce qu'elle était toujours en pantalon.

"Viens, viens, faut que je te montre quelque chose", me lança-t-elle du bout de la rue.

J'étais tellement concentré sur ses taches de rousseur que je ne m'étais pas aperçu qu'elle ne se trouvait plus face à moi.

"On est amis et on veut se marier", dis-je à ma mère.

"Vous êtes un peu jeunes pour ça mais en attendant, vous pouvez toujours vous tenir par la main", me répondit-elle.

Je fus saisi d'une telle émotion que je restai figé sur place. Tout le sang de mon corps, tout l'air de mes poumons, toutes les pensées que j'avais, tout se focalisa sur la main claire et douce de Leon. Un instant, je ne sentis plus rien sauf ma paume contre la sienne. J'avais complètement disparu. Je décidai de parler de ce phénomène à mon père – on se donne la main et on n'est plus là.

“Si on entre dans le magasin, tu crois qu’on se fera jeter dehors ?” hésita Leon.

“Je pense pas que ce soit la peine de tenter l’expérience.”

“Quel trouillard tu fais ! Il est gentil, Monsieur Adler, il nous chassera pas.”

Quand on lui demanda un paquet de chewing-gums, ses yeux s’agitèrent dans tous les sens.

“Tenez, mais sortez vite, d’accord ?” À croire que le trouillard, ce n’était pas moi mais lui, tellement affolé qu’il en oublia de nous faire payer. Il voulait juste qu’on décampe, et tout de suite.

“Monsieur, vos sous”, lâcha Leon avec mépris.

“D’accord, d’accord, mais ne dites à personne que vous avez acheté ça chez moi”, chuchota-t-il.

“Tu vois, non seulement on est entrés dans le magasin, mais il a même voulu nous le donner gratuitement, le paquet.”

Elle mâchouillait son chewing-gum du côté gauche de la bouche, et j’ai refait la même erreur qu’avant – elle parle mais moi, je me concentre sur ses taches de rousseur et je rêve.

“Je ne sais pas. Peut-être”, bafouillai-je.

On est restés presque deux heures devant la synagogue. Mon père a dit qu’on attendrait que quelqu’un vienne nous remplacer, mais personne n’est venu. Après avoir longuement hésité, on a donc décidé d’agir. On est entrés, on s’est approchés de l’arche sainte, chacun a attrapé un rouleau de la Torah et on a repris le chemin de la maison. Un ciel pourpre s’était abattu sur la rue tel un épais tapis sur lequel nous avancions, sa couleur allait si parfaitement avec le manteau de velours de nos rouleaux que ceux-ci se mêlaient à la palette automnale de la ville. J'ai soudain eu l'impression qu'on respirait sur un autre rythme que notre entourage. On marchait à découvert tout en se cachant dans l'air qui s'épaississait de plus en plus. Quand on est arrivés devant notre immeuble, les trois chats étaient recroquevillés dans un coin.

"Pouvez-vous s'il vous plaît nous ouvrir la porte ?" demandai-je au voisin du dessus.

"Oui." Incapable de se retenir, l'homme ajouta : "Gregor, qu'est-ce que vous faites avec ces rouleaux ?"

"Qu'est-ce qu'on fait ? On revient de la synagogue où il n'y avait personne ! C'était ouvert, n'importe qui aurait pu entrer et tout saccager", répondit mon père dont les commissures de la bouche s'affaissèrent.

"Le rabbin n'était pas là ?" s'étonna le voisin en relevant le menton.

"Pas plus de rabbin que de fidèles. On a attendu deux heures avant de décider de les rapporter ici. On ne va quand même pas laisser des rouleaux dans une synagogue ouverte à tous les vents !"

"Et si... vous en déposiez un chez moi ?" proposa-t-il, un peu hésitant.

"Je pense qu'on va les garder chez nous." De la tête, mon père me signifia de filer par l'escalier.

Je ne l'avais jamais vu aussi énergique auparavant. Quelle mouche l'avait piqué ? Ne m'avait-il pas dit d'éviter d'avoir quoi que ce soit à garder ? Pourquoi nous compliquer maintenant la vie avec deux rouleaux de la Torah à entreposer chez nous ? D'ailleurs, où pensait-il les mettre ? Deux rouleaux, l'un immense – presque de ma taille – et l'autre petit, mais furieux. Oui, celui-là avait quelque chose dans sa couleur qui te disait clairement : ne m'ouvre pas.

Quand on est rentrés, ma mère, qui était dans la cuisine, nous a captés du coin de l'œil : "Vous n'avez pas un peu exagéré en dansant pour fêter la Torah à la synagogue ?"

"Si je te disais ce qui s'est passé, tu ne le croirais pas !" lui lança mon père qui déposa son rouleau dans la baignoire.

Il entreprit de lui raconter les événements de ces deux dernières heures et, pendant ce temps, je suis allé mettre mon rouleau à côté du sien. Voilà donc que dans notre petite salle de bains blanche, carrément dans la baignoire, se dressaient, bien droits, deux rouleaux sacrés ! À un certain moment, on avait eu des carpes, dans cette baignoire, elles avaient barbotté tranquillement pendant deux jours, puis soudain, plus rien. Oui, pendant deux jours, elles étaient devenues le centre de nos vies, on jouait avec, on leur donnait des morceaux de pain à manger et tout à coup, elles avaient disparu.

"Le *gefilte fish,* c'est de la carpe farcie, or les êtres humains ont besoin de manger", m'avait expliqué ma mère quand je lui avais demandé ce qu'elles étaient devenues.

"C'est très bon." Je mastiquais la bouche ouverte.

"Oui, on dit toujours que ce qu'on obtient gratuitement est meilleur que ce qu'on doit payer." Leon se fourra encore un chewing-gum dans la bouche tandis que M. Adler continuait à nous surveiller du pas de sa porte en espérant qu'on s'éloignerait au plus vite.

On s'est assis côte à côte au coin de la rue, sur le trottoir, Leon, les jambes bien tendues vers la chaussée comme d'habitude et moi, comme d'habitude, à essayer en vain de tendre les miennes sans y arriver. On aimait rester là et observer les passants, on avait même un jeu : on imaginait tout un tas de choses sur eux.

"Eh, viens à table !" La voix de ma mère me tira hors de la salle de bains.

Je me mis à râler : "Quoi, je suis censé manger avec... ça ?"

"Tu n'as qu'à les ignorer. Ou alors, fais comme si c'étaient des invités." Mes parents avaient installé les rouleaux à table avec nous.

"Gregor, je ne comprends pas ce qui t'est passé par la tête quand tu as décidé d'apporter ces deux trucs à la maison, je ne comprends vraiment pas, a maugréé ma mère. Tiens, c'est pour toi." Elle m'a tendu une assiette de soupe, puis a repris, la bouche pleine : "Quand est-ce que vous avez l'intention de les rapporter à la synagogue ?"

"Pas sûr que je les rapporte", a-t-il répondu en effleurant le velours pourpre qui les recouvrait.

"Quoi ? On est censés vivre avec eux maintenant ? Je trouve qu'on est suffisamment à l'étroit comme ça, non ?" Et elle m'a regardé pour que je confirme.

"Oh, arrête de dire n'importe quoi, a marmonné mon père en mordant dans son pain. Tu prends toujours un malin plaisir à nous bousculer !"

"La soupe est chaude", ai-je dit et à ce moment-là, on a entendu des coups frappés à la porte.

Mon père est allé ouvrir. C'était Peter. Il a ôté son manteau et l'a accroché à une chaise. En dessous, il en portait un autre.

“Merci. Comment allons-nous recevoir les autres manteaux ?” a demandé mon père.

“On me les apporte dans quelques jours.”

Cette réponse a eu l'air de le satisfaire.

“Ça a sans doute coûté très cher”, a constaté ma mère après avoir examiné le vêtement que notre invité gardait sur lui.

“On m'en a fait cadeau.”

La tension autour de la table est devenue insoutenable.

“Vous savez comment c'est, a continué Peter. Il y en a un qui donne et un qui prend, on essaye de se débrouiller.”

“Ce sont les rouleaux qui viennent de notre synagogue”, a expliqué mon père avant même que notre hôte ait le temps de poser la question.

“Je vois bien ce que c'est. Mais qu'est-ce qu'ils font chez toi ?”

Cet homme laissait toujours traîner la dernière syllabe de sa phrase. C'était un ami de longue date de mon père, mais maintenant, ma mère le qualifiait de “magouilleur”, ajoutant que lui, il “avait des relations”.

“Vous savez que les temps changent.” Il s'assit sur ma chaise : “Je suis très très inquiet.” Il prit une cuillérée de la soupe qui se trouvait dans mon bol : “C'est chaud.”

“Ça vient de sortir du four, je l'ai piqué pour toi”, dit Leon qui m'offrit son demi-sourire.

“Tu l'as piqué ?”

“C’est bien ce que je t’explique, la synagogue était ouverte sans personne à l’intérieur. On les a sauvés”, précisa mon père en haussant le ton.

“S’il n’y avait personne, pourquoi étaient-ils en danger ?”

“Un rouleau a besoin d’amis, il lui faut quelqu’un pour l’ouvrir, quelqu’un pour le lire”, intervint ma mère qui jugea bon de prendre la défense de son mari.

“J’ai un copain qui travaille dans la boulangerie des Leibowitz, il m’a donné ce gros pain”, dit-elle. Elle me regardait et laissa traîner la fin de sa phrase, comme Peter.

J’eus envie de mourir. Comment osait-elle profiter de l’amour d’un autre garçon ? Ça ne se faisait pas. Elle continuait à me regarder : “Maintenant, t’es vexé ?”

“Je me vexe jamais.”

“C’est bon, non ?” Elle me tira par l’oreille.

“Oui, c’est bon. C’est chaud.” Le pain du parjure.

“Beaucoup d’amis ont déjà pris la fuite”, remarqua ma mère.

“Mais pour aller où ?” lui demanda mon père en espérant qu’elle s’abstienne de répondre.

“Je ne sais pas.”

“Je ne pense pas que la destination soit importante”, répliqua Peter.

“Il ne fait pas bon rester”, conclut-elle.

Elle ramassa nos bols.

“Je dois rentrer à la maison”, déclara Leon.

“Mais il est encore tôt”, tentai-je.

Elle s’entêta : “Non, il est tard. Je dois y aller.”

Quand je te regarde, le temps arrête sa course, ajoutai-je intérieurement.

“On se voit demain ?” demanda-t-elle avant de disparaître.

Ô cette question que j’avais attendue toute la soirée ! J’étais peut-être un peu plus formaliste que la plupart des gens, mais l’assurance chaque fois renouvelée de la revoir le lendemain m’apaisait beaucoup. Pas seulement parce que je l’aimais, pas seulement parce qu’elle mettait de l’ordre dans ma journée, mais aussi parce que ça me plaisait de me savoir inclus dans son emploi du temps. Tous les soirs, quand on se retrouvait, une terrible angoisse m’étreignait : et si, demain, elle ne pouvait pas venir ? Ce qui arrivait parfois, il y avait les shabbats et les soirs de fête ou ces maudits mariages, oui, ce n’étaient pas les raisons qui manquaient pour bouleverser le quotidien de tout un chacun.

“De quoi demain sera-t-il fait ?” demanda ma mère avec inquiétude.

“Demain, ça ira, répondit Peter. Que se passera-t-il dans une semaine, c’est ça la question. Demain, ce sera encore supportable, après-demain aussi, mais comment tout ça finira ?”

“Alors on se retrouve près de l’arbre ?” demandai-je, l’air de rien.

“Non.” Elle éclata de rire et tourna les talons. Pour ce qui était de l’amour, elle avait toujours une longueur d’avance sur moi.

2

Quand j'étais petit, nous avions une sorte de rituel, mon père et moi : tous les soirs, avant que j'aille me coucher, il m'appelait, ouvrait la main, la posait sur mon visage. Moi, j'entrais dedans et disparaissais.

Le bout de ses doigts contre mon front était très rugueux.

"Quand tu seras grand, tu feras la même chose avec ton enfant", me chuchotait-il en souriant.

"Quand on sera grands, on se mariera", lançai-je avec détermination, pour aussitôt essayer de lire dans les pensées de Leon.

"Peut-être, on verra." Elle me répondit sur le ton de quelqu'un qui sait à quel point elle est belle.

J'allai cueillir une de ces fleurs jaunes qui poussaient dans notre rue, j'en arrachai les pétales un à un et les collai sur ses ongles. En quelques secondes, ses doigts furent ornés de dizaines de languettes jaunes, une corole qui souligna ses yeux bleus et forma un paysage dans lequel elle fut engloutie.

“Viens, j’ai l’impression d’avoir trouvé quelque chose qui conviendra à merveille”, me dit mon père avec malice.

“Quoi ?” demandai-je, très curieux.

“Tu ne vas pas tarder à le savoir. Chaque réponse en son temps.”

On cherchait un cadeau pour ma mère. Tous les ans, il se démenait pour lui offrir le cadeau idéal. Ce n’était pas en l’honneur de son anniversaire, mais de la fête de Kippour, le jour du Grand Pardon. En effet, alors que tout le peuple juif se drapait de noir pour l’occasion, mon père, lui, exultait – en dedans. Et s’il aimait cette fête plus que toutes les autres, c’était sans doute parce qu’il avait rencontré l’amour de sa vie ce jour-là. Kippour était donc leur fête à tous les deux, ce qui faisait dire en riant à ma mère : “Remercions Dieu pour la destruction du Temple.”

“Tu vois cette porte ?” me demanda mon père.

“Non.” Vrai, je ne la voyais pas, je peux jurer qu’au moment où je lui répondis, il n’y avait pas de porte à l’endroit qu’il m’indiquait.

Il attendit que le soleil émerge de derrière l’immeuble : “Et maintenant ?”

“Maintenant oui. Je comprends pas… Comment, tout à coup…”

“Viens, mais tu dois faire le moins de bruit possible.”

Pour la première fois, je me sentais partie prenante d’une conspiration.

“Tu dois me promettre de n’en parler à personne, d’accord ?” Je la fixai d’un regard très doux.

“Je te le promets.”

“Bonjour”, lança mon père à travers l’entrebâillement.

“Bonjour monsieur, nous vous attendions”, répondit un homme en yiddish.

Tout à coup, je n’étais pas si sûr de vouloir vraiment partager ce secret, mais je n’avais plus le choix. La porte donnait directement sur une bonne quarantaine de marches qui menaient au sous-sol. On est descendus ensemble, main dans la main. De part et d’autre de l’escalier, les murs étaient couverts de milliers de livres empilés n’importe comment. Du rouge vif de leur couverture émanait un éclat lumineux criard qui se mêlait à l’odeur de moisi ambiante.

“*Dieu ordonnera à la bénédiction d’être dans tes caches*”, cita soudain mon père.

Je remarquai que non seulement chaque marche était construite dans un bois différent mais aussi que le sens de leurs fibres changeait à chaque fois, si bien que de loin, on aurait dit qu’elles cherchaient à se fuir l’une l’autre au lieu de converger vers un même sous-sol.

“Attention, la dernière est plus haute !” Leon sautait d’une bordure de trottoir à l’autre. “À propos, je vais peut-être quand même me marier avec toi”, ajouta-t-elle avec désinvolture.

“On verra, je vais y réfléchir”, répondis-je, très fier.

“Dis, quand est-ce qu’on arrive ?” Elle haussa le ton.

“Bientôt. Il faut absolument que tu voies ça.” Souffle court, je n’arrivais malheureusement pas à retrouver la porte.

“Fais attention, la dernière est plus haute”, me chuchota mon père.

C'est à cet instant que je compris qu'il était déjà venu à cet endroit et même qu'il le connaissait très bien.

"Je vous ai dégoté quelque chose de spécial. Je suis sûr que vous aimerez."

Je n'ai pas compris comment ce marchand savait ce que mon père aimait. Étaient-ils des amis ?

"Je viens de le recevoir", ajouta l'homme qui ouvrit un tiroir de l'armoire derrière lui et se mit à fouiller dedans.

En l'observant, je regrettai que Leon ne soit pas là. Quelles histoires aurait-elle pu imaginer face à cet étrange individu, très beau, avec ses yeux noirs et ses cheveux blonds ! Sa longue barbe ne ressemblait pas du tout à celles que j'avais l'habitude de voir, elle était épaisse, très touffue, et en même temps, presque translucide. Au point de ne rien cacher du visage qui se trouvait en dessous. Il portait une espèce de longue blouse qui paraissait bleu foncé, mais à la faible lumière qui régnait dans cette boutique, difficile de savoir vraiment.

"Je vois rien, franchement, rien du tout !" Leon était déjà un peu énervée.

"Je te jure qu'il y avait une porte ici et que mon père et moi, on est entrés par là." Je ne comprenais pas où avait de nouveau disparu cette ouverture. "Il faudra attendre l'apparition du soleil", ajoutai-je avec une assurance bancale.

"Et si tu t'étais trompé ?"

"Comment tu t'appelles, jeune homme ?" me demanda soudain l'inconnu.

Jusqu'à cet instant, je ne l'avais pas remarqué. Le voyage en train pour atteindre le bateau qui attendait à Trieste durait depuis des heures, je venais juste de me réveiller et d'ouvrir mon livre. L'homme était très beau et vêtu avec beaucoup d'élégance, chose rarissime en ces temps de guerre. Un roi a-t-il besoin d'un royaume ? me suis-je demandé.

"Ladislav Zoltan", ai-je répondu, en réduisant au maximum l'intervalle entre les mots. Mes parents m'avaient ordonné de ne surtout parler à personne, je ne voulais donc pas entamer la conversation.

"J'avais un associé qui s'appelait Ladislav."

J'ai continué à fixer intensément mon livre, mais j'ai esquissé un petit sourire pour ne pas le vexer.

"Nous, on avait le plus grand magasin du huitième arrondissement. Le plus grand, tout le monde savait que les fleurs, il fallait les acheter chez nous."

Je gardai les yeux braqués sur mon livre mais j'entendis la dame à ma droite qui s'exclamait : "Vous aviez un magasin de fleurs ? Comme c'est beau !"

"Et quand je dis magasin... Ce n'était pas un magasin, mais tout un champ. Un champ de fleurs en pleine ville." Il accompagna ses paroles d'un grand geste de la main.

À ce stade, j'avais déjà relevé la tête.

"En fait, nous avions une librairie, c'est-à-dire qu'on a commencé comme ça. Mon grand-père était un relieur très réputé à Vienne, mais moi, quand j'ai hérité du magasin, j'ai voulu me démarquer de mon père. En plus, j'ai toujours préféré les fleurs vivantes aux livres morts."

"Comment un livre peut-il être mort ?" m'exclamai-je au nom de celui que je tenais dans les mains.

“Des mots, des mots. Savez-vous combien de mots un être humain prononce au cours de sa vie ? Des millions. Qu’en reste-t-il ?”

“Justement, il en reste un livre”, rétorqua la dame.

“Au contraire ! Que reste-t-il de la beauté des mots si on les capture entre deux pages, si on les y emprisonne sous une couverture et qu’on les laisse étouffer au fond d’une bibliothèque ?”

Ma voisine recula contre son dossier et, du regard, sembla attendre que je vienne à sa rescousse. Elle tendit le cou vers l’arrière, révélant un menton triangulaire et volontaire.

“Une fleur, en revanche, éclot, vous offre généreusement sa beauté puis meurt. Elle fait ce qu’elle a à faire. Vous comprenez ? Elle n’essaie pas de sortir de sa tombe pour nous rendre fous.”

“Pourtant, il y a tant de vérité enfouie dans les livres, tant de beauté, tant d’émotions humaines !”

“Une vérité qui vous vient d’un autre, une beauté sur laquelle un autre aura pleuré, nous en quoi cela nous concerne-t-il ?”

“Je peux tirer du plaisir d’expériences vécues par d’autres personnes.” La femme secoua horizontalement le menton et inclina un peu la tête vers la droite.

“Au lieu de cela, regardez donc par la fenêtre. Que voyez-vous ? Allez, sincèrement, que voyez-vous ?”

“Une colline verte piquée de quelques maisons, oh, zut, ça bouge trop vite… Là, il y a aussi une route étroite avec une voiture qui revient de la mer.”

Il se tourna vers moi : “Eh bien, vous comprenez maintenant ce que je veux dire ? Les gens ne regardent plus et ne voient plus rien.” Il fronça les sourcils de déception.

"Alors quoi, tu as perdu ta langue ? Comment t'appelles-tu, mon bonhomme ?" me demandait le vendeur barbu de l'autre côté du comptoir.

"Il est un peu rêveur", s'excusa mon père.

"Je m'appelle Haïm", répondis-je sur la défensive.

"Je pense que vous allez devoir revenir un autre jour, je ne le trouve pas", déclara alors le marchand d'un ton cassant.

"Nous pouvons attendre un peu. Haïm, va donc voir ce qu'il y a là-bas", dit mon père en indiquant du geste la pièce voisine.

"Approche, tu veux voir ce que c'est ? me demanda alors le barbu. C'est un appareil photo, un peu ancien, mais qui marche encore très bien." Il sourit.

Jamais je n'avais vu d'appareil photo de ce genre, dressé sur un trépied, très grand et très solide.

"Papa, on peut rester encore un peu ?" L'objet avait piqué ma curiosité.

"Mais oui, va jouer, aucun problème." Soudain, mon père avait tout le temps.

"Tu veux qu'on l'essaye ? Eh bien, assieds-toi donc là, je vais te prendre en photo. Regarde-moi sans sourire."

J'obtempérai et pris un air sérieux. L'homme disparut derrière la boîte noire et en ressortit au bout de quelques minutes.

"C'est bon, j'ai fait la photo." .

"Je pourrai l'avoir ?" demandai-je, un peu hésitant.

"Ah..." L'homme se mit à bafouiller et regarda mon père, qui me rassura aussitôt : "Je te l'apporterai, ne t'en fais pas. Bon, il me semble qu'on peut y aller, n'est-ce pas ?"

“Je vous avertirai dès que j’aurai retrouvé la chose en question et vous pourrez revenir.” Les deux adultes échangèrent un regard convenu.

Juste avant de sortir, je demandai encore à mon père : “Pourquoi il m’a dit de pas sourire ?”

“Pour rien, aucune importance.” Il me donna la main, nous remontâmes l’étroit escalier jusqu’à la porte et atterrîmes au milieu d’un trottoir envahi de passants qui allaient et venaient dans un mouvement incessant.

Les minutes que nous avions passées en bas avaient suffi pour que j’oublie le bruit du dehors et en émergeant, je fus un peu surpris de découvrir que la rue était toujours là.

“Tu as peur de grimper plus haut ?” me lança Leon. Elle étira un coin de sa bouche, ce qu’elle faisait chaque fois qu’elle disait quelque chose d’un peu énervant.

“J’ai pas peur, je pense juste qu’on est assez haut, et qu’on a encore beaucoup de choses à monter”, répliquai-je, très viril.

On avait décidé de se construire une cabane. Non, plus exactement, un château. Dans l’arbre jaune du jardin. Tous les autres étaient verts, seul le nôtre avait cette couleur jaune. Un jour ma mère m’avait révélé qu’il était jaune parce qu’il se souvenait.

“Tu me promets de ne rien dire à maman, n’est-ce pas ?” Mon père tenait vraiment à son secret, quant à moi, j’aurais bien voulu comprendre : “Qu’est-ce qu’on est allés chercher là-bas ?”

“Quand ils nous préviendront, on y retournera. C’est un cadeau très spécial.”

“Mais au début, il a dit qu’il l’avait trouvé pour toi”, insistai-je.

“Il s’est trompé”, répondit mon père de ce ton bien particulier qu’il utilisait pour clore toute discussion.

Les jours suivants, je ne cessais de guetter le moindre signe, d’attendre le moment où ça aurait lieu.

“Peut-être qu’ils enverront une colombe ?”

“Non, mais arrête un peu, tu divagues !” Leon sourit et continua à nettoyer notre maison suspendue.

“Quoi, il y a beaucoup d’oiseaux dans notre arbre, on pourrait en attraper un.” Je tendis la main à travers la petite lucarne que nous avions confectionnée.

“Fais attention !” Elle se mit à rire.

Je n’avais pas vraiment l’intention de m’aventurer pour en attraper un : on était quand même perchés à plusieurs mètres de hauteur, dans notre château ! Elle sortit alors son violon et joua pour moi. C’était la seule fille du quartier qui avait un violon. Enfin, il n’était pas vraiment à elle, on avait juste réussi à le lui dégoter par ici. Quand elle jouait, on aurait dit que l’archet caressait l’instrument, le consolait afin qu’il ne pleure pas. Parfois, des enfants s’attroupaient au pied de notre nid pour l’écouter. Comme elle ne faisait qu’improviser, il était rare qu’elle joue deux fois la même mélodie.

Vers huit heures du soir, on est redescendus sur la terre ferme. La rue nous a semblé trop calme, peut-être réduite au silence par la musique ?

“Viens, c’est le moment”, chuchota mon père.

“Quoi ?” J’essayai de me réveiller aussi vite que possible.

“On doit retourner au magasin.”

“Tu as été prévenu ?” Je bondis hors du lit. “Comment il a fait ?” La curiosité et la peur suintaient par tous les pores de ma peau.

Je me mis debout, m’enveloppai de ma robe de chambre et entrai dans le salon. Un clown gris avec un regard malicieux était assis au milieu de la pièce. J’aurais parié que c’était un adolescent, mais le genre de gars qui a beaucoup d’expérience.

“Quand est-ce qu’on se voit demain ?” demandai-je à Leon, l’air de rien.

“Ah, demain on part en voyage”, bredouilla-t-elle.

“Quoi ? Où ça ?” Les aiguilles de la montre s’arrêtèrent soudain sous mes yeux.

“On va au mariage de ma cousine.”

Comme je n’aimais pas les proches qui perturbaient mon ordre du jour !

“On revient lundi.”

Elle avait toujours su disparaître au bon moment, comme la première fois où je l’avais vue.

“Mais on est jeudi aujourd’hui !” lançai-je de mes dernières forces.

“Arrête de faire l’imbécile.”

J’aurais mis ma main à couper qu’elle avait un peu rougi.

Tandis que je la raccompagnai chez elle, le vent frais souleva quelques feuilles vertes et les poussa dans notre direction. Elles restèrent accrochées à sa chevelure dorée. Quel magnifique arbre elle faisait !

“Viens, il ne faut pas avoir peur de lui”, dit mon père qui s’approcha. J’essayai de le retenir par le bras.

“Je n’aime pas trop les clowns”, dis-je, d’autant que celui-là était très bizarre.

"Ne t'inquiète pas, on sort tout de suite." Il me prit par la main.

Je suis prêt à jurer qu'à cet instant précis, le clown sauta doucement sur le matelas, rebondit jusqu'à l'un des deux bougeoirs que ma mère avait reçus pour son mariage puis se faufila entre celui-ci et le verre du prophète Élie... Soudain, on entendit un coup frappé à la porte.

"Tu peux aller voir qui c'est ?" me demanda mon père.

Je regardai par le trou de la serrure.

"Je vois personne."

"Bon, il faudrait qu'on y aille."

Il était deux heures et demie du matin. Pour la première fois de ma vie, je comprenais qu'un tel horaire existait. Le clown se glissa par l'entrebâillement de la porte, nous le suivîmes puis nous refermâmes derrière nous. Dans la cage d'escalier, entre le deuxième et le premier étage, il y avait une grande fenêtre qui donnait sur le jardin.

Soudain, je découvris que notre arbre jaune devenait gris à deux heures et demie du matin, qui l'eût cru ?

"Marche un peu plus vite, qu'on ne le perde pas."

"Mais on connaît le chemin", rétorquai-je avec assurance.

"Parfois, à ces heures-là, ils utilisent une autre entrée."

J'en déduisis que s'il n'y avait pas de soleil pour éclairer la porte, c'était difficile de la trouver. Le trajet me parut particulièrement long, je ne sentais plus mes pieds à cause du froid et la rue se fit soudain très étroite. Arrivés à destination, on s'arrêta tous les trois devant la façade.

"Tu vois quelque chose ?"

Moi, je ne voyais rien et tandis que mon père tâtait le mur, le clown fila à l'autre bout de la rue. On eut beau se retourner tous les deux pour ne pas le perdre de vue, il avait disparu. Quand on ramena les yeux vers la façade, la porte était là.

"Je veux te donner quelque chose", me chuchota Leon.

J'attendis, espérant qu'elle ne remarquerait pas la sueur qui me submergeait.

"Tu transpires ?" demanda-t-elle aussitôt.

"Non, c'est le vent qui m'a mouillé." Je pense qu'elle aussi était très tendue, parce qu'elle ne réagit pas à ma réponse.

"Ferme les yeux et tends la main." Elle me posa un truc dans la paume et referma rapidement mes doigts dessus. "T'as pas le droit de l'ouvrir avant mon retour."

J'étais tellement curieux de savoir ce que c'était que le temps passa très vite. J'occupais mes heures en solitaire à essayer de deviner de quoi il s'agissait, je ne cessais de contempler mon poing fermé et de concentrer mes pensées dessus, je tentais même d'identifier l'objet par contact, mais ce n'était pas facile. À plusieurs reprises, j'ai fermé les yeux pour changer de main car c'est très fatigant de rester dans cette position pendant trois jours. Déjà en temps normal, je pensais beaucoup à elle, mais là, elle ne me lâcha pas un seul instant.

"Attention, la dernière est plus haute."

"Je m'en souviens, papa."

Et nous revoilà à descendre le même escalier au milieu des mêmes livres gris.

“Ne ferme jamais les yeux s’il y a, dans les parages, ne serait-ce qu’une seule personne avec les yeux ouverts”, me dit mon père à l’instant où nous entrions dans le magasin.

“Cher monsieur, j’ai enfin trouvé ce que je cherchais pour vous”, lui annonça le marchand barbu.

“Ma femme sera ravie”, répondit mon père qui le regarda avec des yeux brillants. Il lui passa une enveloppe blanche fermée et, en échange, reçut un petit paquet emballé dans un papier brun.

“Haïm, tu comprends ce que ça veut dire ?” me demanda-t-il tout bas.

“Ah, oui. Pas un mot.”

Sans doute les enfants ne savaient-ils pas tous comment garder un secret.

“C’est bien, t’as pas triché”, me félicita Leon à son retour du mariage, tandis qu’une légère moue soulevait une des commissures de ses lèvres.

“Je peux ouvrir la main, maintenant ?” Ça faisait presque quatre jours que je la gardais fermée, exactement comme elle me l’avait demandé avant de partir.

“Ferme les yeux pour que je le reprenne. Je veux pas que tu le voies.”

“Quoi ? Après tout ce temps, je dois le voir !”

“Non, tu ne dois rien du tout, le principal, c’est que tu n’aies pas triché.” Elle entoura mon poing fermé de sa main, le recouvrit entièrement pour un instant.

Je desserrai les doigts, sentis qu’un petit objet glissait de ma paume à la sienne puis m’échappait.

Elle referma la main pour la mettre aussitôt dans la mienne. Ensuite, elle posa la tête sur mon épaule. C'étaient des choses qu'elle prenait très au sérieux, quant à moi, comment accepter qu'après quatre jours d'attente et de torture, je ne puisse pas voir ce que j'avais si consciencieusement gardé ?

"Ferme les yeux", me dit mon père.

Lorsque je les rouvris, nous étions hors du magasin et il avait déjà traversé la rue.

"On va où ?"

"À l'arbre, répondit Leon d'une voix un peu rauque. J'avais oublié que de là, on voit toujours les choses différemment. On peut disparaître", chuchota-t-elle.

"C'est toujours mieux de disparaître à deux", précisa tout bas mon père tandis que nous tentions de nous frayer un chemin jusqu'à la maison au milieu des gens qui entamaient leur matinée.

La couleur jaune de l'arbre soulignait les yeux de Leon.

"Tu crois qu'on restera amis ? Plus tard, je veux dire."

"Je préfère pas savoir." Elle me servait une formule toute faite, comme à chaque fois qu'elle n'avait pas de réponse.

"Et si on se sauvait ?" Ma question était sérieuse.

"Pour aller où ? Tu crois qu'il y a vraiment un endroit où fuir ?"

"On ne peut pas fuir avant d'avoir disparu", déclara mon père qui pressa le pas.

3

Mon père a vu le jour en 1910. Tout de suite, il comprit que son temps était compté, vu qu'il était né trépassé. Il paraît que les médecins qui l'ont réanimé ont dû s'escrimer pendant de longues minutes avant d'entendre soudain sa voix, ténue mais assurée. Mon grand-père, le père de mon père, se trouvait en ville à ce moment-là, ou plus exactement, en compagnie des pompes funèbres, occupé à choisir un cercueil pour son frère Yossef. Dans l'espoir de soulager un peu son chagrin, sa femme décida d'appeler leur enfant Yossef, du nom du défunt frère. Sauf que mon grand-père ne s'en émut pas particulièrement.

"Tu comprends que je ne pourrai pas venir à l'enterrement, n'est-ce pas ? Que je suis trop fatiguée ?"

J'imagine que ce fut un moment difficile, car le couple savait que là n'était pas la raison. En vrai, elle n'était pas juive, si bien que sa présence à l'enterrement n'aurait pas été vue d'un bon œil.

C'était principalement elle qui faisait tourner le foyer, qui pourvoyait à tous leurs besoins, et parfois, à ce qu'on raconte, elle ramenait aussi à la maison des gens qui pourvoyaient à ses propres besoins. Ma mère disait toujours que cela avait apparemment été une union parfaite, celle du mort-vivant et de la vivante-morte.

À six ans, mon père intégra l'école publique de la ville (ses parents n'ayant pas réussi à le faire accepter à l'école juive, comme ils l'auraient voulu) et, à ses dires, ce ne fut que des années plus tard, après qu'il eut terminé ses études de rabbin dans la yeshiva, que, pour la première fois, il fut regardé comme un fils par son père... un fils qui avait quitté le toit paternel bien avant car, relativement tôt, il avait été envoyé dans une école militaire à la frontière. Il y resta jusqu'à ses dix-neuf ans. Il racontait toujours que ces six années au cours desquelles il avait appris à nettoyer un fusil en une minute, à monter une tente et à obéir aux ordres, lui avaient été très profitables.

Après cela, il décida de tenter sa chance et au lieu de rentrer chez lui, se présenta à la grande yeshiva de la ville pour étudier la Torah et devenir rabbin. Tout le monde savait que son père juif avait donné deux fils à Masha, certes très belle, mais goy. Dédaigneux, le chef de l'établissement, le grand rabbin Schteirmel, s'assit en face de lui et lui expliqua qu'en ce qui les concernait, n'étant pas juif, il ne pouvait pas étudier chez eux : "Pourquoi n'irais-tu pas en école de droit ou faire médecine ? Ça te conviendrait mieux."

Cette proposition brisa le cœur de mon père qui insista encore et encore, tant il voulait intégrer la yeshiva. Après de nombreuses pressions venues de toutes sortes d'amis, le grand rabbin finit par se laisser convaincre et c'est ainsi que Yossef termina ses études religieuses.

Telle est l'histoire qu'on m'a toujours racontée, mais aujourd'hui je sais que rien de cela n'est vrai. Un tissu de mensonges, comme beaucoup de choses que mon père a pu dire ou taire. La réalité est totalement différente. Il n'est pas devenu rabbin, n'a jamais achevé ses études religieuses. Certes, il a été l'un des meilleurs élèves de la yeshiva, et il aimait beaucoup l'étude de la Torah, mais il n'a jamais été rabbin. Alors qu'était-il ? Là-dessus aussi, les versions ne manquent pas et j'ai cessé de les collectionner : il n'existe, pour l'heure, pas de musée assez grand pour contenir toutes les histoires liées à ma famille.

Ma mère, elle, est née en mille-neuf-cent-sept ou mille-neuf-cent-huit, là aussi, il y a deux versions. Elle et sa sœur Nelly sont issues d'un couple totalement différent de celui de mon père, un couple cent pour cent kasher. Ma grand-mère maternelle était la fille du rabbin de la bourgade et son mari, le fils du circonciseur de la bourgade voisine. D'après ce que j'en sais, ses parents n'étaient pas très amoureux au moment de leur union, les sentiments vinrent au fil des années.

Ma mère était une jolie, voire très jolie, petite fille, mais officiellement, Nelly était la plus belle du coin, ce qui la poussa à s'inscrire au concours de beauté local. Et non seulement elle s'inscrivit et y participa de fait, mais en plus, elle le gagna. Bien sûr, cette initiative déplut profondément à ses parents qui ne comprenaient pas en quoi consistait ce genre de compétition. La chose leur apparaissait surtout comme une pratique contraire au judaïsme, ce qui risquait de lui enlever toutes ses chances de trouver un bon mari. Quant à ma mère, qui était une fille très sage, elle aussi en fut choquée. Personne, dans la communauté, n'ignora que Nelly avait remporté le concours de beauté et si, de face, on la félicitait, derrière son dos, on la traitait de petite pute. Sa sœur aussi la traitait de petite pute, et elle, elle ne le faisait pas derrière son dos. Je ne sais pas ce que ma tante avait eu dans la tête en s'inscrivant, apparemment elle était “moderne”, comme disait ma mère, mais, à partir de ce moment-là, un fossé se creusa entre les deux filles. Selon une autre version, l'affaire éclata un vendredi soir, lorsque Nelly, qui avait déjà gagné le concours, en parla à sa famille. La honte fut si grande que ma mère se mit à crier, persuadée que maintenant, tout le monde les prendrait pour des putains et qu'aucun garçon ne voudrait les épouser. Le grand-père en fut très blessé, incapable de comprendre comment sa fille avait pu faire une chose pareille. Ma mère répétait que Nelly n'avait pas pensé à eux, qu'elle avait toujours été égoïste, mais j'ai surtout l'impression que ces paroles étaient dictées par la jalousie, un sentiment qui atteignit son paroxysme lorsque ma future tante ramena à la maison celui qui deviendrait son mari – Baroukh. Comment croire que Nelly la petite pute s'était dégoté le parti le plus riche de toute la région ? Baroukh était un beau jeune homme totalement libéré de la religion. D'ailleurs, il avait transformé son prénom, Baroukh, en Berry. Et, pour reprendre la remarque que fit la grand-mère au grand-père : “C’est comme ça de nos jours, au lieu d’aller étudier la Torah et de s’en remettre à Dieu, tu participes à un concours de beauté et tu t’en remets aux juges.”

Le couple royal devint une légende dans la bourgade, et ma mère, jusque-là considérée comme une belle jeune fille et un excellent parti, devint la vieille sœur de la reine de beauté, ce qu’elle ne lui pardonna jamais. Même après avoir rencontré et épousé mon père, elle n’arriva pas à surmonter sa rancœur envers la petite pute. Lorsque, de temps en temps, Nelly et son mari nous rendaient visite, ils débarquaient tel un couple de stars d’Hollywood. Ils arrivaient en Mercedes noire, lui en costume cravate, elle dans une robe moulante avec chapeau à larges bords et lunettes de soleil. “Comme s’il y avait du soleil aujourd’hui !”, marmonnait ma mère en regardant la rue par la fenêtre.

Mes parents, eux, s’étaient rencontrés à la synagogue, ce que mon père, d’esprit taquin, commentait parfois par : “À la synagogue, elle continuait à être la plus jolie des jeunes filles.” Leur histoire, je la tiens de ce qu’ils m’ont raconté en chœur : avec son cousin Misha, il allait rendre visite à de la famille éloignée et les deux garçons avaient décidé de faire halte pour la nuit dans la bourgade de ma mère, puis de reprendre la route le surlendemain. Ils s’étaient donc mis en quête d’un endroit où dormir et avaient atterri dans la yeshiva du coin, où une pièce avec quelques lits restait toujours réservée aux jeunes garçons ayant besoin d’un toit de dépannage. Comme c’était la veille de Kippour, ils avaient pris leur dernier repas avant le jeûne et étaient aussitôt allés se doucher pour se préparer. Mon père racontait qu'il faisait gris, même froid ce jour-là, mais qu'ils étaient tout de même allés faire une courte promenade avant d'entrer dans la synagogue pour la prière du *Kol Nidré*, si bien qu'arrivés là, le responsable des places assises leur annonça que la salle était pleine... et leur conseilla d'aller voir un peu plus loin, juste à côté de la galerie des femmes. C'est donc à la rabbanite – laquelle accueillait, bénissait et embrassait les femmes et les enfants encore en train d'arriver – que mon père et Misha demandèrent si elle avait de la place. Cette femme, peut-être douée de double vue, indiqua à ces deux jeunes hommes charmants et très pieux des sièges tout près des deux plus jeunes filles présentes : ma mère et sa voisine. À partir de là, rien de plus clair, mes futurs parents se regardèrent et se sourirent. Le lendemain, ils se retrouvèrent pour l'office du matin, de l'après-midi et bien sûr pour la *Néïla*, qui clôture cette journée. Dès que les trois premières étoiles apparurent dans le ciel et que le shofar retentit, mon père tendit la main à ma mère et se présenta. Elle sourit, s'enquit de savoir s'ils avaient où dîner, eux, bien sûr, répondirent que non, et elle les invita chez ses parents. Les rumeurs sur la grand-mère, la mère de mon père, qui n'était pas juive, arrivèrent rapidement jusqu'aux parents de la promise, les mettant face à un terrible dilemme : ils appréciaient beaucoup Yossef qui était déjà fiancé à leur Rachel, mais se montrèrent très préoccupés par la réaction de leur entourage, ou, pour reprendre la phrase que mon père formula à ma mère : “Après avoir perdu une fille à Hollywood, ils ne voulaient pas perdre la seconde.” Mes parents comprirent qu’ils n’avaient pas le choix et s’enfuirent. Ils rassemblèrent leurs affaires, montèrent dans un train et commencèrent une nouvelle vie sous de nouveaux noms : Gregor et Sophia. C’est alors que je naquis.

4

En 1944, il y avait sur le bateau tout ce qu'on pouvait trouver de mieux. Des Polonais, des Tziganes, des Allemands, quelques médecins – l'un d'eux, relativement âgé, aimait les hommes, à mon avis –, des petits et des grands (de taille), des intelligents, des journalistes, deux artistes peintres, un poète, douze adolescents blonds, un couple de colombes, quelques dizaines de Belges qui avaient fui au dernier moment, des proches de Jabotinsky (à ce qu'on disait), au moins vingt cordonniers, un vitrier, deux électriciens et leur famille, deux Françaises et leur mari, et encore beaucoup de personnes non identifiables.

De Myriam, je fis la connaissance à Trieste juste avant d'embarquer. Son fils me la mit dans la main et me chuchota à l'oreille : "Promets-moi de lui trouver un toit. N'importe où, dans un kibboutz ou ailleurs", puis il continua en haussant la voix : "Viens, maman, viens, donne la main à ce gentil garçon, il travaille ici et va t'aider à monter à bord. Je cours chercher la valise et je te retrouve sur le pont." Il me fixa d'un regard insistant et hocha la tête.

J'allais protester mais il plaqua aussitôt sa paume sur ma bouche et me chuchota à nouveau à l'oreille : “Elle est aveugle, mais pas idiote.”

Je n'eus pas le temps de me retourner qu'il avait déjà disparu, avalé par la foule agglutinée sur le quai dans l'espoir d'atteindre notre bateau. J'ai resserré les doigts autour de la main de l'infirme et on a avancé sur la passerelle. C'est ainsi que je me suis retrouvé avec Myriam, laquelle comprit très vite que son fils l'avait envoyée en *Eretz-Israël* alors qu'il restait en Europe pour combattre aux côtés des partisans. Savoir qu'elle était aveugle, je dois l'avouer, me rendit la chose plus aisée. Je pouvais enfin respirer et devenir ce que je voulais. Sa cécité m'aida aussi à moins me languir de ma mère. Étant donné qu'elle ne pouvait pas me voir, j'avais la possibilité de lui raconter ce que je voulais, de créer pour ses yeux morts ce que j'aurais voulu voir de mes propres yeux. En devenant petit à petit ma machine à souvenirs personnelle, cette étrangère soulagea ma nostalgie.

Vivre aussi longtemps en mer n'est pas simple, d'autant qu'au début, on ne savait même pas combien de temps on y resterait. Si l'incertitude a cela de bon qu'elle dépend du caractère de chacun, elle est particulièrement dangereuse pour les poètes. Très vite, tout le monde sut qui était le chef à bord et il ne s'agissait pas du capitaine. Lui, on l'avait mis sous les verrous dès qu'on avait compris qu'il refusait de poursuivre le voyage vers notre destination. Notre leader était jeune et appartenait au moins à deux groupes : celui des intelligents et celui des cordonniers.

Je compris aussi très vite que Myriam n'aimait pas être assistée.

"Donne-moi la main, j'ai faim", la pressai-je, un peu énervé.

"Je peux y arriver toute seule, tiens, regarde." Elle chercha à tâtons l'escalier qui montait vers le réfectoire, mais je savais que si elle traînait cette fois encore, on ne nous laisserait rien à manger.

"C'est plutôt bon", dit-elle, utilisant à la fois sa fourchette et sa main gauche.

"Oui. Étonnant qu'ils arrivent à nous concocter ça, ici, sur ce bateau." Quatre cuillers de riz, une demi-pomme de terre et un peu de haricots secs, telle était notre ration journalière. Et soudain, je me levai d'un bond : "Tu vois ce type, là-bas ?"

"Moi ? Bien sûr ! Lequel ? Le grand, de ce côté-là ?" me répondit-elle.

"Oh, pardon, je ne l'ai pas fait exprès. C'est juste que je le connais." Je me redressai et levai la main vers Kalman, notre voisin de Hongrie. Pas vraiment un ami, mais on se connaissait.

Il regarda dans ma direction, marqua un bref arrêt puis détourna la tête et partit dans le sens inverse. Je continuai à l'appeler encore une ou deux fois, mais il s'était éloigné.

"Très bizarre... faut croire qu'il ne m'a pas entendu."

"Je suis certaine que c'est quelqu'un de charmant." Elle avait, à l'instar de Leon, l'imagination très positive.

"Oui, il était sympathique, mais va savoir ce qu'il est devenu aujourd'hui."

Au moment où je finissais ma phrase, il surgit tout à coup derrière moi et me toucha l'épaule. Je me retournai aussitôt : "Kalman, comment vas-tu ?"

"Je vois que ton père s'est débrouillé pour obtenir un laissez-passer au moins pour toi", lâcha-t-il, la lèvre inférieure frémissante.

"Quoi, mon père ? Qu'est-ce que tu lui veux ?"

"Ne m'adresse plus la parole et ne m'approche pas, tu entends ? Et tu peux me remercier de ne pas t'envoyer valser par-dessus bord", ajouta-t-il avant de me planter là.

J'en restai abasourdi.

"Viens t'asseoir, n'y prête pas attention, me réconforta ma nouvelle amie. On doit arriver entiers en *Eretz-Israël*, alors évite les embrouilles et laisse courir. Qu'il raconte ce que bon lui chante."

Je me calmai un peu grâce à elle mais ne pus m'empêcher de me questionner sur ce qu'il voulait dire.

"Qu'est-ce qu'il a ? J'ai peut-être oublié quelque chose qui se serait passé entre lui et nous ?"

"Il ne faut pas regarder en arrière. Vas-y, tu verras bien." Tel fut le conseil de Myriam le matin où je lui téléphonai pour partager avec elle les dernières nouvelles. Les aveugles sont plus courageux que les valides.

*

Ce matin-là j'avais lu dans le journal, entre les publicités et les annonces des sorties du week-end, que Leon donnait un concert en Israël. C'était un peu après la guerre des Six-Jours. Elle se produisait avec l'orchestre où elle jouait en tant que premier violon, avait-on écrit. Au programme, il y avait une symphonie pas très intéressante et les quatre derniers lieder de Richard Strauss, la musique la plus belle du monde. Je ne sais même pas si je m'étais, auparavant, déjà rendu dans le nord du pays... en tout cas, pas plus loin que Kfar Yehoshua me semble-t-il. J'en parlai à Myriam qui me dit sans hésiter qu'à son avis, ce serait une bonne chose que j'aille la rencontrer. Finalement, après beaucoup d'hésitations, j'ai fait le voyage, j'ai pris une jolie chambre à Haïfa, dans un bel endroit, je suis allé la chercher dans la salle de concerts, mais ne l'y ai pas trouvée. Je n'ai pu que lui laisser un mot sur lequel j'ai écrit que je séjournais en ville et que si elle voulait, elle pouvait me rejoindre, j'étais descendu dans la pension de famille Dalia, bâtiment C, chambre 63. Le lendemain matin, j'ai ouvert les yeux, persuadé que c'était le jour J. Les retrouvailles, j'ignorais encore comment et sous quelle forme elles arriveraient, mais l'évidence planait autour de moi : ce serait pour aujourd'hui. J'ai pris appui sur mon coude droit pour me lever du lit – vieille habitude que je tiens de l'époque du kibboutz. Yaël, ma femme, disait que notre matelas était trop mou et que, quand on serait vieux, on aurait du mal à s'en extirper. Comme tous les matins, je suis entré dans la douche, mais là, je me suis dit qu'en l'honneur du grand moment à venir, soit je ne me savonnais pas du tout, soit, ou au contraire, je me lavais tout particulièrement la tête. J'ai terminé et me suis essuyé avec d'infinies précautions parce que j'avais déjà eu de gros problèmes suite à plusieurs faux mouvements après une douche. Planté devant le miroir, je me suis détaillé tandis que ma bite me regardait en vieux copain. Je me suis souri dans la glace. Une fois habillé, j'ai quitté ma chambre, je me souviens de la sensation : ça pouvait arriver n'importe quand, oui, elle pouvait frapper à la porte n'importe quand, et comme je n'avais aucun moyen de prévoir son apparition, je décidai de descendre lentement l'escalier. La matinée était fraîche, à moins que ce ne soit un problème de chauffage ? Je n'ai pas osé aller vérifier dehors. Je suis entré dans la cuisine, j'y ai trouvé la tasse et la petite cuiller que j'avais préparées la veille, comme je le faisais chaque soir, prêtes pour mon café du matin. Il y avait aussi du sucre et du café dans un joli bocal en verre, de ceux, me suis-je souvenu, que Yaël avait jugé inutile d'acheter pour chez nous, parce que, disait-elle : "Toi, avec tes gestes brusques, sûr que tu l'auras cassé au bout de deux jours." J'ai jeté un coup d'œil à ma montre, vingt minutes déjà écoulées, peut-être trente, et rien n'était encore arrivé, du moins en apparence. J'ai trouvé le café excellent, je l'ai bu avec un grand plaisir, arriver à se préparer chaque jour sa boisson favorite, exactement comme on l'aime, avec exactement les mêmes doses, il y a là quelque chose de très émouvant. Je possédais le disque de Strauss, je l'avais pris avec moi, j'avais aussi demandé qu'on me mette à disposition un tourne-disque, et effectivement, il y en avait un dans ma chambre, petit mais qui faisait l'affaire. Les *Quatre derniers lieder*. Le lied numéro trois. L'ouverture piano des violoncelles et des altos, des accords qui s'égrainent et enlacent la chanteuse dès qu'elle commence, tout semble pleurer quelque chose qu'elle n'a jamais possédé, jusqu'à ce qu'arrive le solo du violon. Leon. Je me suis gorgé de chaque son, comme je l'avais déjà fait des centaines de fois auparavant. J'ai imaginé les doigts de mon amie, la manière dont, à chaque fois, ils se posaient sur les cordes. Surtout son index. Qu'est-ce qu'il était beau. Déjà à l'époque, il gardait la fameuse empreinte de la corde.

Je me suis demandé si Yeshouha, son mari, ressentait la même chose. S'il comprenait que ce doigt, qui depuis des années maintenant jouait dans ses cheveux ou lui nettoyait les oreilles après la douche, oui, que ce doigt-là, mon préféré, était ce son-là. J'ai vu la main droite qui tirait l'archet, faisait vibrer les cordes du violon et je me suis dit que je l'avais souvent tenue, cette main, puisqu'elle marchait toujours à ma gauche. La musique continuait, s'élevait de plus en plus, elle atteignit des hauteurs qui fendirent les haut-parleurs, son petit doigt appuyant sur la corde et le cri monta encore, si délicat, son petit doigt, dont elle rongeait systématiquement la peau autour de l'ongle. Que de fois l'avais-je surpris dans sa bouche, celui-là, une bouche que, pour ma part, je n'avais embrassée qu'à une seule occasion, le jour de Kippour, quand on était gosses. J'ai pleuré et des larmes sont tombées dans mon café.

5

J'ai réussi deux choses dans ma vie.

“Suis-moi, Haïm, on va prendre chacun un rouleau et courir jusqu'à la maison. Personne ne nous arrêtera, chuchota mon père. À partir de maintenant, tu fais comme si de rien n'était.”

“Et si quelqu'un me demande quelque chose ?”

On avait huit cents mètres à parcourir, une rue assez grande, puis on devait tourner à droite et encore longer une dizaine d'immeubles sur la gauche. J'avais très peur.

“Eh bien, tu lui réponds.” Mon père s'approcha de l'arche sainte et l'ouvrit. Il regarda les différents rouleaux de la Torah et réfléchit pendant de longues minutes à ceux qu'il allait sauver. Le plus vieux de notre synagogue était couronné d'une inscription en cuivre : “Le Grand Livre”. Mon père me raconta que cette relique nous renvoyait à des générations en arrière et que le Gaon de Vilna en personne avait lu dedans. Il était clair que ce rouleau-là, il fallait le sauver, mais les autres ? Il y en avait quatre dans l'arche, deux avaient été offerts par l'honorable rabbin Kirschenbaum qui certes était un sacré voleur

– “lui et sa pharmacie” comme disait ma mère –, mais en quoi la Torah était-elle responsable ? Il y avait un troisième rouleau, que mon père affectionnait particulièrement, parce qu’il était chargé de le dérouler à chaque Kippour. Quant au quatrième, il n’était quasiment jamais ouvert : chaque fois que quelqu’un lisait dedans, il arrivait une catastrophe à l’un des fidèles présents à l’office.

“Peut-être que comme ça, on changera son destin ?” suggéra mon père qui pointa le doigt justement vers le rouleau maudit.

“Je pense qu’on doit sauver celui que tu aimes le plus.” Je n’avais aucune envie de défier le sort.

“J’ai une responsabilité, je ne peux pas penser qu’à moi.” J’ai plongé mon regard dans celui de l’employé de l’agence juive, il était très bronzé, je crois n’avoir jamais vu quelqu’un d’aussi bronzé auparavant.

“Je comprends monsieur, mais étant donné que Madame Myriam n’est pas votre mère, je ne peux pas vous promettre que… pardon, rappelez-moi à nouveau quel est votre lien avec elle ?”

On était au port de Haïfa.

“Son fils me l’a confiée, je dois lui trouver un toit en *Eretz-Israël*”, expliquai-je en parlant le plus bas possible pour qu’elle n’entende pas.

“Et vous avez accepté ? Comme ça ?” À l’évidence, ce type ne venait pas d’Europe.

Au bout d’une journée interminable et épuisante passée sous une tente dressée à côté du quai numéro trois, on a enfin pu monter dans un bus. J’ai aidé Myriam et on s’est assis au quatrième rang. Ou au cinquième. Quoi qu’il en soit, plutôt devant.

Vers sept heures du soir, après un long trajet dans l'obscurité, nous avons aperçu de faibles lueurs dans le lointain. Notre chauffeur avait eu le temps de nous raconter bon nombre d'épisodes historiques de notre nouveau pays, audibles jusqu'à la septième rangée : les émeutes de 1929, le meurtre d'Arlozorov, la création des kibboutz, Alexander Zaïd et bien sûr Ben Gourion. Il parlait couramment le hongrois, une langue que je n'aimais pas mais dont mes oreilles avaient soif et je m'en suis abreuvé car, tout le monde le sait, la soif ne connaît point la raison. Plus on approchait de notre destination, plus l'émoi grandissait dans le bus. Au moment de passer la barrière, tous regardaient en silence par les fenêtres, essayant d'accepter l'idée qu'en fait, personne ne les attendait vraiment, même si beaucoup de gens s'étaient massés à l'entrée. L'odeur du lieu était nouvelle, je n'avais jamais rien senti de tel, c'était un vent sec chargé de bouse de vache, de pins et de fleurs blanches. La terre, dure, était jonchée de cailloux qui se sont glissés entre mes doigts de pied.

On a tous été dirigés vers le réfectoire. Je me souviens très bien de chaque brin d'herbe, de chaque buisson devant lesquels nous sommes passés et aussi d'arbres que je n'avais jamais vus, d'une drôle de couleur. Ceux avec lesquels j'avais grandi verdoyaient au printemps et en été, ils étaient un peu rouges en automne et dénudés en hiver, tandis que là, la teinte dominante était le vert délavé. Pas un vert franc, ni un rouge, ni un jaune ni même un gris, juste le genre de vert qui fait le minimum syndical.

Les tables du réfectoire avaient été remplacées par des dizaines de matelas posés à même le sol, on a tous reçu à manger avant d'aller dormir, contents de ne pas être immédiatement séparés. Le lendemain matin, il faisait froid, du moins en comparaison de la chaleur de la journée.

"C'est le désert, l'ami", me dit Davidké, un membre du kibboutz qui parlait hongrois et nous a conduits, Myriam et moi, vers un de ces logements définitivement provisoires qu'on nous avait attribués.

"Encore ce désert ! Toute notre vie, on a beau essayer de lui échapper, on se retrouve dedans, à mener contre lui un combat perdu d'avance", me dit mon amie à l'oreille.

"Au moins ici personne n'essaie de nous tuer", répliquai-je.

"On ne perd rien pour attendre", lâcha-t-elle dans un petit rire.

"Je pense qu'on doit y aller, le temps presse." Mon père jeta son dévolu sur le rouleau maudit.

"C'est moi qui vais le porter, il est plus léger." Je voulais aussi sentir le danger de près.

"Attention ! Il y a une marche." Davidké ouvrit la porte de la maisonnette de Myriam. "Tu ne peux pas voir, mais c'est superbe ici, il y a même une fenêtre qui donne sur les collines." Il criait un peu, comme tous ceux qui pensent que cécité signifie aussi surdité.

"Tu verras que la malédiction se transformera en bénédiction." Mon père tentait de rassurer ma mère. Il se mit ensuite à découper le rouleau en petits morceaux.

Et c'est un de ces morceaux qu'il me donna au moment où j'allais me mettre en route.

"Alors vous venez d'où, de Hongrie ?" me demanda Davidké.

"C'est une longue histoire."

"Et ton père, où est-il né ?"

"Yossef Gregor Birkner, natif de Budapest. Lorsque débuta la guerre, nous fûmes enfermés dans le ghetto puis nous réussîmes à fuir en Russie où les Allemands nous arrêtèrent. Nous fûmes libérés de Bergen-Belsen."

Je n'ai revu mon père que dix ans après ce jour fatidique où mes parents m'avaient envoyé en *Eretz-Israël*. Assis parmi la foule compacte, j'assistais au cirque Kastner[01]. Mon père avait été appelé à témoigner et moi, glacé, sidéré, paralysé, je me noyais parmi tous les spectateurs aux aguets. Arrivé seul de Budapest deux jours auparavant, il était là, en Israël. Il portait une cravate et le costume de shabbat que nous lui avions offert, ma mère et moi, pour un de ses anniversaires. Elle m'avait emmené chez le tailleur le jour où elle lui avait commandé un nouveau pantalon confectionné dans un épais tissu d'hiver, et une veste assortie.

Il ignorait que j'étais dans la salle. Peut-être s'en doutait-il, il devait bien s'imaginer que je lisais les journaux. Il avait l'air fatigué et un peu trop tassé.

01 — Rudolf Kastner fut responsable du Comité d'aide et de secours de Budapest durant la Seconde Guerre mondiale et négocia avec les SS le sauvetage de plus de 1 600 Juifs de Hongrie. Immigré en Israël en 1952, il rejoignit le parti travailliste mais fut accusé de collaboration avec les nazis. Son procès divisa la société israélienne et causa la chute du gouvernement qui avait pris sa défense. Il fut assassiné en 1957 à Tel-Aviv et réhabillité officiellement en 1958.

Je ne savais pas ce que je ressentais, ce que j'étais censé ressentir. Pendant des années, mes parents m'avaient manqué, mais avec le temps, ça aussi, ça s'était cicatrisé. Je me suis souvenu de la fois où j'étais rentré à la maison sur la pointe des pieds au cas où il se reposerait. Un grand manteau avec un col en fourrure, certes un peu abimé mais à l'évidence de qualité, était posé sur une chaise de la salle à manger. J'avais beau être un enfant, je savais qu'un manteau noir en peau retournée, avec un col en fourrure, ce n'était pas rien. Je vis, dans le regard étrange de ma mère, qu'elle pensait comme moi à Peter, qui nous donnait envie de vomir à tous les deux, mais on n'a rien dit. Je me suis assis et j'ai grignoté un peu de pain qui restait sur la table, des petits morceaux secs, délicieux et très salés.

"Quand avez-vous rencontré Kastner pour la première fois ?" lui demanda le procureur d'une voix posée.

Je m'en souvenais parfaitement, de cette rencontre, sans doute le moment le plus déterminant de ma vie, celui qui fit tout basculer. Ce matin-là, j'étais arrivé au collège comme d'habitude à huit heures mais je ne pensais qu'à une chose : comment m'esquiver discrètement et retourner chez moi. L'établissement possédait une entrée principale et trois latérales. Il y avait toujours du monde qui se pressait à l'entrée principale, je l'avais éliminée d'office. Une des trois entrées latérales se trouvait à côté de la salle des profs et n'était pas non plus idéale. Je devais donc me décider entre les deux autres : l'une derrière le bureau du directeur et l'autre à côté de la bibliothèque. À première vue, cette dernière me parut la mieux placée et j'aurais dû la choisir. J'optai cependant pour celle qui se trouvait derrière le bureau du directeur parce qu'elle donnait tout près des poubelles, très utiles pour me planquer. Vers onze heures, un peu avant la grande récré, mon plan fut prêt dans ses moindres détails : j'attendrais la fin de la pause et en dernière minute, alors que la plupart des élèves seraient dans les classes mais les enseignants pas encore sortis de la salle des profs, exactement dans cet intervalle, je courrais, j'ouvrirais la porte et je me faufilerais entre les bacs à ordures. C'était une belle journée : un ciel bleu en octobre retient toujours l'attention, il donne l'impression que la ville entière profite de ces ultimes instants pour respirer au grand air et peut-être aussi lancer encore un coup d'œil vers le soleil dont les rayons rendent l'atmosphère magnifiquement limpide. On aurait dit que l'astre voulait, dans un dernier tour de piste, exhiber ses talents avant de disparaître pour de longs mois. Tôt le matin, le cri strident de notre voisine Sarah m'avait réveillé : elle tenait à faire savoir à tout le quartier qu'elle manquait d'oignons. Ainsi débuta la journée la plus importante de ma vie, malheureusement, à ce moment-là, je ne le savais pas encore, sans quoi j'aurais certainement essayé d'en changer le cours. Sous prétexte que la veille, je m'étais couché un peu crotté, ma mère m'avait poussé dans la baignoire dès mon lever. "J'ai honte que le soleil te voie comme ça." J'enlevai les feuilles de mes cheveux, me savonnai méticuleusement puis la rejoignis dans la cuisine pour boire mon thé et manger une tartine. J'entendis mon père lui rappeler qu'elle devait impérativement m'emmener à la bibliothèque municipale après la classe et ne pas revenir à la maison avant dix-sept heures. Elle devait aussi acheter quelques boissons et bien ranger le salon en prévision du rendez-vous. J'avais tout de suite compris qu'il se tramait quelque chose.

La première sonnerie retentit dans tout le bâtiment dix minutes avant le début de la quatrième heure de cours. J'ai fait semblant de traîner un peu, je suis passé devant la salle des profs en y jetant un coup œil pour m'assurer qu'ils étaient encore tous à l'intérieur, puis j'ai continué vers la bibliothèque, ne me restait plus qu'à atteindre le portail latéral sans encombre, un jeu d'enfant, je l'ai ouvert, je suis sorti librement du bâtiment et j'ai foncé derrière les poubelles. Là, j'ai attendu quelques minutes la deuxième sonnerie, tous les professeurs se dirigeaient sans doute à présent vers leur classe, d'ici à ce qu'ils remarquent ma désertion, je serais déjà à la maison. Les ordures empestaient, cela faisait des semaines, voire des mois, qu'elles n'avaient pas été ramassées correctement dans notre quartier. J'ai longé notre petite rue jusqu'à mon immeuble et me suis posté dans le jardin, déterminé à attendre l'apparition de mon père. Vers midi, ma mère sortit pour éloigner les détritus en tout genre accumulés sur le trottoir puis elle remonta et échangea deux ou trois mots avec lui. À peine quelques minutes plus tard, une grande voiture s'arrêta devant la façade, de celles qu'on n'avait jamais vues par chez nous, le genre ovni. À sa vue, mon père se précipita hors de l'immeuble. Trois hommes en émergèrent. Le premier était très élégant, le deuxième portait un uniforme nazi indiquant clairement que ce n'était pas un simple soldat, quant au troisième, il avait la même allure que mon père – un Juif apparemment.

"J'ai rencontré Kastner pour la première fois par une matinée plutôt ensoleillée, l'entendis-je répondre au procureur. Il est venu à mon domicile pour y retrouver en secret un autre camarade. Ma femme et moi les avons accueillis et avons très peu participé à la conversation. Notre appartement leur a simplement servi de lieu de rencontre clandestin. En passant le seuil, Kastner a embrassé la mezouza."

"Une autre personne était-elle présente ?"

"Eux deux, c'est tout."

Je remarquai que mon père avait répondu après une seconde de réflexion en trop. J'étais le seul à savoir qu'il mentait. Mais pourquoi ? Pourquoi protégeait-il le troisième homme ?

Je me suis prudemment approché de la voiture pour voir une telle merveille de près et effectivement, elle avait quelque chose de très impressionnant. Les sièges étaient tapissés de cuir brun clair et tous les cadrans étincelaient. Comme je voulais absolument entendre ce qui se disait, j'ai de nouveau contourné le bâtiment, bien décidé à me glisser chez moi en passant par la salle de bains, dont la fenêtre était en général ouverte pour aération. J'avais le cœur qui battait si fort que j'eus toutes les peines du monde à me hisser jusque-là, alors qu'en temps normal, je l'aurais fait même les mains attachées derrière le dos. Au prix de gros efforts, je réussis tout de même la manœuvre. Une fois à l'intérieur, ne me restait plus qu'à entrebâiller la porte, à jeter un coup d'œil par la fente et bien sûr à espérer qu'aucun d'eux ne boive au point de devoir aller aux toilettes. Je les entendis parler d'*Eretz-Israël*, de bateaux, de convois, de trains. Je n'en crus pas mes oreilles. Mes parents faisaient partie de la résistance !

"Monsieur pourrait-il nous rapporter la teneur de la conversation ? Quel était le but de cette rencontre ?"

"C'était une rencontre amicale, ils s'étaient arrêtés chez nous afin de prendre un café au milieu de l'après-midi, avant de poursuivre vers un autre rendez-vous, important celui-là. Ils ont un peu soufflé chez nous."

À entendre les histoires horribles qu'ils se partageaient, je compris que nos invités se rendaient à une importante réunion du comité. Je ne savais pas de quel comité il s'agissait, mais ce mot revenait à tout bout de champ. Mon père, qui ne parlait pas allemand, communiquait avec l'officier grâce à la traduction de l'homme élégamment vêtu. Le nazi était un haut-gradé, je n'en savais pas plus, mais à en juger par sa voiture, il devait être très proche du sommet de l'État. Ultérieurement, j'ai essayé de découvrir son identité, mais à l'époque, je n'ai vu en lui qu'un prophète de malheur, un superbe SS avec un sourire innocent et de nombreuses médailles sur la poitrine. L'homme leur décrivit les atrocités qui étaient en train d'arriver, ils l'écoutèrent mais, à l'évidence, n'arrivaient pas à croire ce qu'il racontait, la preuve, le troisième homme ne cessait de poser et de reposer des questions, quant à mon père, les yeux remplis d'effroi, il tentait de capter le regard de celui qui, je le comprendrais plus tard, n'était autre que Kastner. Peut-être y cherchait-il la pelouse du dehors ou n'importe quoi de familier, juste pour fuir la terreur. À un certain moment, l'homme élégant fit passer des enveloppes au nazi. Mon père y ajouta la sienne.

"Est-ce que, au cours de cette rencontre, il a été question d'une possible collaboration de Kastner avec les nazis ? Le nom d'Eichmann a-t-il été prononcé ?" cria le procureur et moi, j'eus énormément de mal à contenir mon cœur à l'intérieur de ma poitrine.

"Il n'y eut que deux autres rencontres et ce fut au cours de la deuxième que j'entendis pour la première fois prononcer le nom d'Eichmann comme étant le responsable de plusieurs des grands convois partis de Hongrie."

"Monsieur a-t-il entendu autre chose sur Eichmann ?" insista le procureur.

"Au cours de cette dernière rencontre, son nom a été clairement cité." Mon père paraissait à la fois éteint et déçu. Il ne reprit qu'après un long silence : "Kastner n'est pas un collabo. Vous savez, sur le moment, on ne comprend pas toujours la portée de tel ou tel acte. Certaines choses semblent justes lorsque le soleil se couche mais erronées lorsque l'aube point à l'horizon", ajouta-t-il avant de se tourner vers la salle d'audience.

Les rangs bondés remuèrent, comme traversés par des vagues souterraines. Moi, j'étais assis là au milieu d'un tas de gens, d'un tas d'histoires, tout près d'un père que je n'avais pas revu depuis des années et qui racontait comment il avait rencontré l'homme le plus haï du pays. Je savais, bien sûr, qu'il mentait… bon, peut-être ne mentait-il pas, mais il ne disait pas non plus la vérité. J'étais donc assis là, accroché, comme tout le pays, aux lèvres crispées de ce nouveau témoin, et en même temps j'essayais une fois de plus de comprendre ce qui s'était passé à l'époque. On aurait dit un extraterrestre, mon père, attifé de ce costume brun et de cette cravate alors qu'il faisait trente degrés dehors. Et surtout, surtout, il s'exprimait toujours dans son hébreu d'un autre âge.

"Il se peut que dans votre langage moderne, Kastner soit coupable, mais en hongrois, il possède encore ses intercesseurs", reprit-il, réduisant d'un coup toute la salle au silence.

"Tu verras que sous peu, tu arrêteras totalement de parler hongrois", déclara Davidké avec un sourire.

"Qu'est-ce que tu en dis, Myriam, on va apprendre l'hébreu ?" lançai-je en la serrant dans mes bras.

"Toi, tu vas apprendre l'hébreu, moi, avec qui est-ce je pourrais bien discuter ?" On aurait dit ma mère.

"Être aveugle, c'est parfait à ton âge, tous les hommes paraissent jeunes." J'ai éclaté d'un rire bruyant.

La réunion secrète se termina au bout d'environ quarante minutes. Les trois hommes prirent congé et moi, je sautai aussitôt par la fenêtre pour continuer d'admirer l'élégant personnage qui remercia ma mère pour son accueil et lui donna un gros paquet qu'il avait sorti du coffre. Je suivis leurs adieux, toujours caché derrière la clôture, jusqu'à ce qu'ils remontent dans leur luxueuse voiture. Quel dommage qu'aucun de mes copains n'ait été présent pour voir la merveille qui s'était garée devant chez nous !

À une heure et demie, ma mère est venue me chercher au collège. La réunion avait à l'évidence duré moins longtemps que prévu, nous n'étions donc pas allés à la bibliothèque comme mon père l'avait demandé. Il était en train d'éplucher des pommes de terre, elle commença à préparer le poulet qui se trouvait, parmi d'autres victuailles, dans le gros paquet qu'elle avait reçu.

“Combien de temps a duré cette rencontre ?” continua le procureur.

“Le temps qui lui seyait. Indubitablement, vous n'avez, cher maître, jamais vraiment été confronté à l'effectuation de décisions morales, de celles où se joue la vie d'un homme, je ne puis que vous faire ouïr un humble conseil : regagnez votre office, fermez votre fenêtre, saisissez-vous de votre plus belle plume et rédigez un rapport qui viendra s'ajouter à tous ceux que vous avez assurément déjà engendrés. Je ne doute pas de la portée incommensurable de vos considérations.”

Le silence régnait toujours dans la salle d'audience, tous étaient suspendus aux lèvres de mon père.

“Monsieur, votre beau langage ne changera en rien le fait que vous avez collaboré avec ces assassins. Si vous et votre famille avez réussi à vous mettre à l'abri, c'est au détriment des autres.” Le procureur ne renonçait pas.

“Tout le monde collabore à un certain stade de son existence. Que pensez-vous être en train de faire présentement ?” Mon père était décidément trop philosophe pour l'atmosphère de lynchage qui régnait dans ce tribunal. "Quant à Kastner, il me semble que vous l'avez déjà jugé. Que puis-je ajouter ? Pourquoi ne retournez-vous pas sur la plage pour bronzer un peu ?" Sa voix était si nette et si forte que son accusateur ne put trouver de brèche pour l'interrompre.

"C'est juste incroyable", dit Davidké qui se gratta l'oreille.

"C'est pourtant vrai. Voilà comment on s'est rencontrés et depuis, on est inséparables." J'avais dû à nouveau tout raconter à notre nouvel ami du kibboutz.

"Madame Myriam, vous en avez, de la chance ! Et toi, Haïm, tu sais ce que sont devenus tes parents ? Tu sais où ils sont ?"

"Pas vraiment, non. La dernière fois que je les ai vus, c'était avant mon départ pour Trieste, et depuis, je n'ai eu aucune nouvelle."

"Nous fûmes libérés de Bergen-Belsen durant l'été 1944, envoyés en Suisse où nous restâmes quelques années et au début des années 1950, nous nous réinstallâmes à Budapest, mon épouse et moi-même." Sur ces mots, il termina sa déposition.

À un certain moment, l'officier avait crié en allemand, attrapé au collet mon père qui, aussitôt, avait tiré une enveloppe supplémentaire de sa poche et l'autre était allé s'asseoir sur une chaise pour compter l'argent. Si seulement il avait su qu'il posait les fesses où, à peine quelques jours auparavant, une Torah cramoisie avait été installée ! L'élégant monsieur s'assit à côté de lui et tous deux continuèrent à parler en allemand. Mon père et le Juif allumèrent une cigarette. "Tu as très bien fait, ne t'inquiète pas, tout est arrangé", déclara alors ce dernier, et d'ajouter : "Il n'arrivera rien à Haïm." Comment connaissait-il mon prénom ? Qu'était-il en train de se passer sous mes yeux ? Je venais de comprendre que je faisais partie du plan qu'ils fomentaient.

Mes parents avaient tout tenté pour me sauver. Et ils y étaient parvenus, la preuve, je me retrouvais à présent assis dans cette foutue salle d'audience du tribunal de Tel-Aviv. Comment étais-je censé réagir ? Si seulement ce procureur pouvait lire dans les pensées !

"Votre fils a-t-il survécu ?" demanda Davidké à Myriam.

"Je ne sais pas encore, répondit-elle, j'espère que d'ici, on pourra faire des recherches grâce à l'Agence juive. Ce n'est pas simple, tu sais, c'est tellement désorganisé là-bas."

"Moi, je suis arrivé avant la guerre, en 1928, se mit à nous raconter le kibboutznik. Bien sûr, il y en a qui sont restés en Europe, mais la majeure partie de ma famille a immigré ici. C'est mon père qui a insisté, il avait compris qu'on n'avait plus d'avenir si on restait en Hongrie. *Eretz-Israël*, ce n'est pas une solution, c'est un résultat, disait-il tout le temps. Et voilà, on est là, des parents, des enfants et... un Ben Gourion." Il s'esclaffa.

Le lendemain, nous fûmes réveillés par la chaleur. Incroyable qu'il puisse faire si chaud dès sept heures du matin ! Tout le kibboutz était levé et quand j'ai ouvert les yeux, le réfectoire était envahi par des camarades qui prenaient leur petit déjeuner. L'odeur des œufs durs me bouleversa et me rappela celle de la Pâque à la maison avec pain azyme et ces fameux œufs durs, confiture et fromage.

Une odeur de pisse.

“Et vous n’avez jamais envisagé d’immigrer en Israël ? Pourquoi êtes-vous retournés en Hongrie ?” Le procureur essayait de marquer des points auprès des lecteurs des grands quotidiens nationaux.

“Impossible de fonder un État sur un cortège de traumatisés. Nous avons préféré rentrer à la maison. Mais mon fils, Haïm, demeure ici.”

“Votre honneur, je pense en avoir terminé avec le témoin.” Cette phrase avait été prononcée tout bas, comme si celui qui l’avait émise craignait de s’attirer la foudre des dieux.

Impossible de retenir mes larmes. Je l’ai regardé, il se trouvait à quinze rangs de moi, à peu près deux cents personnes nous séparaient. À un moment, j’ai failli me lever et me mettre à crier, ou me précipiter vers lui et le serrer dans mes bras. Je ne savais ni quoi faire ni comment réagir. Il avait dit “mon fils”, et moi, son fils, j’étais là, je me taisais au lieu de hurler qu’il était mon père, oui, mon père et qu’il mentait.

Son témoignage allait prendre fin et je n’avais pas encore décidé si j’allais m’approcher de lui ou pas. Je ne savais vraiment pas quoi dire et je ne voulais pas l’effrayer. J’ai envisagé de me rendre à son hôtel et de lui laisser un message avec mon numéro de téléphone.

“Vous ignorez ce que c’est que de parler avec un nazi, vous qui êtes nés en cette contrée. Vous l’ignorez, croyez-moi.”

Et c’est là qu’il pissa dans son pantalon en épais tissu brun.

6

L'escalier était le même. Je me suis avancé dans l'appartement, l'air était saturé d'une odeur de papier jauni par le temps. J'avais trouvé la porte ouverte, c'est pourquoi je m'étais permis d'entrer. Je l'ai refermée derrière moi et suis resté là, sans bouger.

"Donc tu t'es souvenu de mon existence ?" Elle ne s'était pas encore montrée. J'ai essayé de deviner si elle était dans la cuisine ou dans la chambre à coucher.

"Je suis là, non ?" ai-je répondu.

Le silence, de nouveau. À ma droite se trouvait notre grande table de shabbat, je me remémorai sans problème les deux rouleaux de la Torah installés en hôtes de marque sur une des chaises. Ici, l'éclairage ne m'avait jamais semblé satisfaisant, il y avait toujours eu trop d'objets et pas assez de lumière. Les murs ressemblaient à des visages tout ridés, de nombreux bibelots s'entassaient là sans ordre.

"Et c'est quoi, cette barbe ?" Ma mère voyait mieux que ce qu'elle voulait bien l'admettre.

"Tu sais, ça plaît aux femmes." J'ai souri.

De temps en temps, à l'occasion des fêtes, nous nous téléphonions, mais ça devenait de plus en plus âpre. Au fil des années, j'étais miné par la crainte que notre conversation serait la dernière, une responsabilité dont je ne voulais pas. Sans compter qu'elle devenait de plus en plus nostalgique.

"Je suis passé devant le théâtre, j'ai vu qu'ils montaient *Médée*." Tentative pour entamer la conversation.

"Un théâtre sans public, c'est comme une synagogue sans fidèles", lança-t-elle, toujours sans se montrer.

Je souris.

"Justement, il y avait du monde, et la mise en scène m'a paru plutôt moderne. Quelque chose avec de la danse et de la vidéo."

Comme j'avais déjà ôté mon manteau, j'allai l'accrocher dans l'armoire et me mis à déambuler dans le salon. Je le trouvais si exigu que j'étais prêt à jurer qu'il était plus grand dans le temps. À gauche de la porte-fenêtre qui donnait sur le balcon, il y avait un buffet haut et étroit, rempli de babioles. Je pense que c'est à ce moment que j'ai vu le papier dans lequel avait été emballé le fameux cadeau que mon père lui avait acheté. J'ai aussi vu le rouleau de la Torah dont la poignée de l'arbre de vie était encore tachée par le sang du bedeau. Soudain, j'ai vu mon père, je me suis vu, moi, je nous ai vus tous les trois, debout, ici, dans cette pièce.

"On l'a acheté ensemble", dis-je dans la pénombre.

"Gregor, tu n'aurais pas dû", protesta ma mère sans cacher son émotion.

“Le jour de Kippour, c’est sacré.” Mon père exultait.

Il faisait sombre dans la cuisine, la nuit était déjà tombée, tout l’appartement baignait dans la lumière des bougies et je me suis pressé entre mes parents pour voir ce que c’était. Même s’ils essayaient de me le cacher, un rapide coup d’œil me permit de capter quelque chose : c’était un petit tirage papier de ma photo – celle qui avait été prise dans le magasin du barbu. Étrange. Pourquoi ne pas me l’avoir donnée à moi ? Je relevai la tête mais je savais que je ne pouvais rien dire, j’étais tenu par la promesse que j’avais faite à mon père.

“Je suis vieille maintenant. Et toi qui ne m’as pas vue toutes ces années, prépare-toi : je ne suis plus la même.”

Des pas qui s’approchaient se sont alors fait entendre. La pointe d’un pied sur le sol puis le claquement du talon de semelle d’une sorte de sabot peut-être, puis à nouveau le pied gauche, le droit, *tic-tac, tic-tac.*

“Aujourd’hui, le monde n’a plus besoin de nous, on coûte trop cher.” Elle remonta le col de son chemisier puis s’arrêta face à moi, dos au grand miroir.

De ma place, je pouvais, comme par miracle, avoir d’elle une vision à trois-cent-quatre-vingts degrés. Son haut couleur crème se reflétait dans le miroir, ses cheveux étaient parfaitement maintenus par sa coiffe en tissu et les nombreuses pinces qui luttaient contre les mèches rebelles. Son visage était resté le même. Elle n’avait qu’une vingtaine d’années de plus que moi, ce qui, aujourd’hui, me paraît dérisoire. De quoi parler ? Les sujets de discorde ne manquaient pas entre nous, mais on n'en avait quasiment aucun pour nourrir une discussion normale. Après tout ce qui s'était passé, peut-être ne nous restait-il effectivement plus rien à nous dire.

"Qu'est-ce que tu en penses, je peux encore m'habiller comme ça ou ce n'est plus de mon âge ?" Elle se tourna vers le miroir.

Ça faisait une bonne minute que nous étions face à face, mais rien ne me venait à l'esprit. Je ne savais vraiment pas quoi lui dire.

"Non, non, je trouve ça très joli. C'est un peu jeune, mais on s'en fiche, n'est-ce pas ?" Je lui ai souri.

"Tu as eu cinquante-neuf ans il n'y a pas longtemps, si je ne m'abuse… Tu te rapproches de plus en plus de moi." Elle lâcha un petit rire et se pencha, fesses en avant, pour ramasser je ne sais quelle saleté sur le sol.

Comme c'est facile de parler par miroir interposé ! Les mots qui s'y reflètent blessent moins. Elle se dirigea vers la cuisine.

"Tu veux une tartine ? J'ai aussi de la soupe."

J'entendis la porte du four claquer. Elle revint et posa sur la table une belle miche de pain, presque ronde. Le genre qui, au sortir du four, te remplit le nez d'une odeur de gaz.

"Alors comment tu te débrouilles ici, toute seule ?" ai-je demandé d'une voix assurée.

"Toute seule, tu exagères, ça fait à peine une vingtaine d'années que je vis sans lui, si peu !" Le sous-entendu était clair, elle me reprochait de ne pas être venu à l'enterrement de mon père.

"Comme le temps passe !" Une chance qu'il y ait des clichés en cas de besoin.

"Regarde-toi. Tu parles toujours la bouche pleine." Elle eut un demi-sourire.

"Rien de meilleur que du pain et du bouillon de poule. Il est délicieux, ton pain, avec une croûte dure, comme j'aime." J'avais soudain très faim, sans doute à cause du froid.

"Ça fait longtemps que je le fais moi-même au lieu de l'acheter. Je n'ai plus confiance en eux." Je remarquai qu'elle ne mangeait presque rien.

Plus tard, elle alla se reposer et je restai seul dans le salon. Assis à table, je tendis l'oreille. Il y avait beaucoup de bruit dans cet immeuble. Trop. Une porte a été ouverte puis refermée, quelqu'un nettoyait ses carreaux. Ils voulaient rester, moi, je voulais partir. Je me suis mis à tousser. Cet appartement était mauvais pour mes bronches et je voyais encore, gisant en travers du seuil, le bedeau allongé par terre, la tête ensanglantée.

"Tu sais, maman, tout ne se mesure pas à l'aune du temps passé."

Elle avait les jambes enflées, les mêmes que celles dont je me souvenais depuis l'enfance, mais plus transparentes.

"Et toi, tu es aussi chauve que ton père." Elle rit.

"Difficile à croire, mais le temps passe." Je baissai la tête, un peu gêné, comme si je ne l'avais pas reconnue pendant un bref instant.

"C'est vraiment toi. Donc, c'est à ça que tu ressembles maintenant ?" Leon était toujours aussi belle et aussi rousse.

On est restés longtemps sur le pas de la porte, à s'étreindre. On ne s'était pas vus depuis quarante ans, et voilà, pour ce qui était de l'amour, elle avait toujours une longueur d'avance sur moi.

Elle m'avait fait attendre trop longtemps avant de m'ouvrir et j'en avais déduit qu'elle était en train de vérifier par la serrure que c'était bien moi, nez collé à la ferrure, l'œil essayant de saisir le maximum de ce que permettait le trou. Peut-être étais-je un peu chauve, comme mon père, d'accord, mais à la différence de lui, j'étais, moi, élégamment vêtu.

"C'est quoi, cette barbe ?" Leon me dévisagea longuement, d'un regard perçant. Ses yeux étaient aussi rouges que ses cheveux.

"Tu sais, ça plaît aux femmes." J'essayai de m'approcher à nouveau mais elle fit un pas en arrière.

Ils avaient un très bel appartement, très européen. Le genre qu'on ne connaissait pas en Israël. Et bizarrement, une des grandes différences, c'était qu'ici, on aurait dit qu'il n'y avait jamais eu de guerre. En levant la tête, j'ai vu par la fenêtre des arbres aussi verts que sur une avenue parisienne.

"C'est très beau, ici. Vous y habitez depuis longtemps, toi et Yeshouha ?"

"On l'a acheté après la guerre. Ça appartenait à des Juifs puisque personne n'est venu le réclamer. La municipalité avait décidé de se débarrasser au plus vite de ces biens maudits."

"Tu vois, tout n'est pas si négatif !" dis-je, amusé.

Elle rit, puis demanda : "Comment va ta mère ?"

"Je l'ai vue hier, on a des affaires familiales à régler. C'est pour ça que je suis là. Je passerai Kippour chez elle."

On s'est installés dans le salon. L'appartement était très humide, il y avait beaucoup de plantes et de fleurs. Des tableaux et des photos sur les murs. Aucune lampe allumée, le seul éclairage venait du jour qui passait à travers les fenêtres et les volets. C'était suffisant, mais pas assez pour distinguer les détails. Et sur le mur, derrière Leon, était accrochée une grande toile d'un mètre sur un mètre.

"On dirait notre arbre."

"Oui, tu t'en souviens ? C'est une commande que j'ai passée il y a quelques années. On m'avait parlé d'un artiste qui réalisait ses œuvres en nourrissant son imagination de ce qu'on lui raconte. Il t'écoute et après, il peint selon l'imagination. Tu lui racontes tes histoires et il peint."

Savoir que pour elle aussi, c'était très important, m'a réjoui.

"Il était sympa, ce peintre. Il m'a demandé si le jardin était grand, il a voulu des précisions sur les arbres qui y poussaient, sur ce que j'avais ressenti ou pensé quand j'étais petite... Ça a pris des semaines." Leon avait remarqué que j'étais fasciné par ce tableau. "Je lui ai répondu qu'il y avait beaucoup d'arbres mais qu'un seul était jaune, parce qu'il se souvenait. Les arbres jaunes sont ceux qui se souviennent."

"C'est ma mère qui disait ça."

"Je me le suis rappelé."

"Quelle drôle d'idée, de représenter les souvenirs des autres."

"Pourquoi ? Je trouve ça génial, il y a des choses qu'on ne peut pas capter avec un appareil photo, mais qu'on peut peindre. C'est du moins ce que dit ce peintre."

“Eh bien, il a fait un très beau travail, on dirait exactement notre arbre. Comment as-tu réussi à le lui décrire avec autant de réalisme ?”

“Ça a pris du temps. À chaque fois, je rectifiais ce qu’il me proposait. Il me demandait de fermer les yeux et d’essayer de me concentrer sur les plus petits détails, et voilà, de cette manière-là, lentement, il a reconstitué tout le puzzle.”

“Tu aurais dû lui demander qu’il peigne ta mère.”

La mère de Leon avait abandonné sa famille pendant la guerre.

“Je ne me souviens plus vraiment à quoi elle ressemblait, ne me restent que quelques images floues. En revanche, c’est étrange, mais je me souviens très bien de certaines phrases qu’elle prononçait.”

“Ça fait des années que je voulais te demander ce qui s’était exactement passé.”

“Eh bien, elle a fait son choix, tu sais, et ça me va, j’ai accepté.”

Ce n’était pas convaincant. Je lui ai dit que mes parents avaient été terriblement choqués par cette histoire. Comment cette femme avait-elle pu simplement partir et les abandonner, laisser toute sa famille pour suivre une ordure de nazi. Je me souviens de cette soirée, Leon était venue nous rendre visite accompagnée pour la première fois de Yeshouha qui, avec toute sa famille, était hébergé chez elle. C’était grand et vide, leur maison, après la fuite de sa mère, alors son père avait proposé à cette famille expulsée de venir s’installer chez eux. Apparemment, quand on n’a pas de mère, eh bien, la mère d’un autre, c’est déjà une bonne affaire.

"Tu sais, pendant des années, j'ai cru que c'était de ma faute. La veille de son départ, elle et mon père avaient de nouveau eu une grosse dispute, ils étaient très énervés l'un contre l'autre. Sans savoir le pourquoi du comment, j'ai pris le parti de mon père et je lui ai dit, en criant, qu'elle arrête de s'en prendre à lui. J'ai hurlé comme une folle. Lui a essayé de me calmer, il m'a assuré que ça allait, m'a demandé d'aller dormir, mais moi, je sentais que quelque chose ne tournait pas rond. Ma mère s'est approchée de moi et elle m'a susurré : "Ces paroles, tu les regretteras !" Après, elle m'a envoyée dans ma chambre. Qui dit une telle chose à son enfant ? De surcroît en sachant que le lendemain, elle se tirait ?" Leon reprenait la conversation qu'on avait entamée dans l'arbre des années auparavant, sauf qu'à l'époque, elle s'était contentée de m'annoncer que sa mère était partie.

"Qu'est-ce que tu lui avais dit ce jour-là ?"

"Ça n'a pas vraiment d'importance, d'ailleurs, je ne m'en souviens plus. Depuis longtemps ça ne marchait pas entre eux, sans compter qu'elle était très instable. Au début, on a été bouleversés, mais ensuite, sans tous leurs problèmes et son état dépressif, l'ambiance à la maison a plutôt été calme et même assez agréable. Ce qui m'a rendue deux fois plus triste... je veux dire d'être tout à coup contente, justement. Libérée d'un poids. On s'est tous sentis mieux... Environ deux ans plus tard, on a entendu dire qu'elle était revenue en ville et qu'elle vivait dans la rue. Elle n'avait apparemment pas envie de reprendre contact avec nous. Je ne sais pas. Je n'en ai jamais parlé avec mon père. Son petit copain nazi l'avait quittée, lui aussi, sans doute l'avait-elle rendu fou. Et finalement, elle s'est chopé une des maladies qui faisaient des ravages ici à la fin de la guerre et elle est morte."

"C'est dingue, cette histoire. Je n'étais pas du tout au courant."

"Ne crois pas que ce soit évident, même au bout de tant d'années, mais qu'y puis-je ? Elle m'a au moins transmis une chose : quand on tombe amoureux, il faut aller jusqu'au bout."

"En tout cas toi, Leon, pas besoin de te peindre, tu es bel et bien là." J'ai refermé les doigts autour de son poing, comme avant, mais cette fois, ma main couvrait totalement la sienne. Ses taches de rousseur étaient restées à la même place.

"Tu sais qu'à une certaine époque, j'ai essayé de te joindre, me dit-elle. Je t'ai même écrit une ou deux fois, mais tu ne m'as pas répondu."

Alors seulement je compris qu'elle n'avait jamais reçu le message que je lui avais laissé le soir de son concert en Israël. Mais ça n'avait plus d'importance.

"Oui, tu sais comment c'était là-bas, le courrier n'arrivait pas toujours à temps."

À l'évidence, elle avait senti que je mentais et, pour la première fois, je me suis rendu compte qu'elle était devenue une femme. Je lui ai demandé si je pouvais passer la nuit chez elle. Elle a répondu qu'il n'y avait pas de problème, de toute façon, Yeshouha ne rentrait que le lendemain soir.

Pendant le dîner, on a continué à parler de choses et d'autres, à évoquer certains de nos souvenirs les plus drôles. Elle se rappelait l'affaire des rouleaux de la Torah et a voulu savoir si on les avait vraiment découpés en petits morceaux pour sauver ce qui était encore possible. J'ai tiré de mon portefeuille un petit bout de parchemin et je le lui ai montré. Elle était stupéfaite.

"Ça vient de quel livre ?"

"Du Deutéronome."

Elle a examiné la relique pendant un long moment. Ses doigts l'ont palpée, ont suivi les courbes de ses nervures, les rides creusées par le temps.

"On continue demain ? Je suis fatigué, allons dormir un peu, d'accord ?"

Après une courte embrassade, elle m'a guidé jusqu'à la chambre d'amis. On a fait le lit ensemble. J'ai compris qu'elle ne voulait pas dormir avec moi, ce qui, à vrai dire, m'était égal tant je me sentais bien, comme chez moi, dans cette magnifique chambre, ornée de belles photos de sa famille et de toiles issues de la collection de son beau-père. Le lit en bois d'une place se trouvait contre un mur, avec son drap blanc fleuri, deux coussins moelleux et une couverture en laine tricotée main, usée par endroits, mais qui réchauffait encore très bien. Je m'efforçais de respirer lentement, chaque inspiration légère et rafraichissante faisant entrer dans mes narines une bonne odeur de lessive et de vieux livres. La fenêtre était ouverte exactement comme il fallait, le vent effleurait à peine les rideaux. À cet instant, j'ai eu la nette sensation que les choses commençaient à aboutir, à trouver leur place. Je me sentais bien. Apaisé. Je me suis assis sur le lit et j'ai allumé la petite lampe jaune. Leon a refermé la porte derrière elle. Au bout d'un court instant, j'ai vu qu'elle éteignait le salon. Cette nuit-là j'ai dormi comme je n'avais pas dormi depuis des années. Les heures passèrent presque sans que je m'en rende compte et je ne me suis réveillé qu'au matin. Une très forte lumière pénétrait par la fenêtre mais elle était dirigée vers mes pieds, un rayon de soleil dans lequel on pouvait voir tournoyer la poussière de la pièce. J'ai pris une profonde inspiration, contemplant avec ravissement chaque grain ainsi mis en valeur. Ensuite, je me suis demandé ce qui faisait de deux personnes un couple : leur origine ou leur but ?

"Et si tu venais avec moi en Israël ?" J'ai enfin lâché ma bombe. "On vendra ton appartement ici et on partira ensemble."

Ma mère me lança un regard perplexe : "De quoi tu parles ?"

"Tu proposes mieux ?" Je commençai à rapporter la vaisselle dans la cuisine, elle resta assise à table, à jouer avec les miettes. Pour la faire rire, j'ajoutai : "Tu sais, Dieu, ce n'est plus ce que c'était."

"Fiche-lui la paix, au bon Dieu, tu ne crois pas qu'il est temps ?" Elle replia la nappe blanche et alla mettre de l'eau à chauffer pour le dernier thé avant le jeûne. "Je t'ai laissé partir", reprit-elle en baissant les yeux.

"Toi ? Ça n'a rien à voir avec toi, je voulais partir alors je suis parti. Tu n'y pouvais rien." Je n'avais simplement pas la force d'entamer une discussion là-dessus.

"Tu veux un thé ?"

Une forte odeur de cannelle et de naphtaline me submergea.

"Il y a aussi un gâteau à la cannelle dans le four. Sors-le et coupes-en des tranches. Pas trop épaisses. Tu coupes toujours trop épais." Même si elle n'avait pas répondu à ma proposition, j'entendis dans sa voix qu'elle était contente que je sois là.

7

"Alors, qu'est-ce que tu en dis ?" Cavalier en g6.

Le mat du berger, c'est quand on perd en quelques coups.

"Tu sais, même les joueurs chevronnés tombent parfois dans le panneau." Mon père sourit jusqu'aux oreilles au moment de prendre mon cavalier avec son fou, mettant ainsi mon pauvre roi en échec et mat cuisant.

"Tu es un joueur professionnel… sans ligue", le complimenta ma mère.

"Quand tu as les blancs, tu as tous les choix possibles puisque c'est toi qui commences. Avec les noirs, on te met devant le fait accompli. Mais souviens-toi toujours que chaque situation a ses avantages, même quand ça n'en a pas l'air."

J'ai joué. Un coup idiot.

"Qu'est-ce que tu crois que tu fais ?" s'écria mon père, un peu agacé. "Parfois, tu oublies de réfléchir juste au moment crucial."

Dans le silence qui s'ensuivit, je fixai l'échiquier en me donnant un air très sérieux, comme si je n'avais pas entendu ce qu'il avait dit, et qu'en vrai, j'avais une stratégie qu'il n'arrivait pas à discerner. Notre jeu d'échecs était très particulier : la reine blanche, perdue depuis quelques années, avait été remplacée par une salière sans bouchon, la tour blanche par un cube en plastique assez haut qui servait normalement à bloquer la porte et le roi noir avait, pour l'instant, pris la forme du petit verre de vin en métal que mon grand-père avait reçu pour sa bar-mitzva. Je devais m'être oublié, car j'ai soudain entendu :

"Hé ! Tu es où ? Tu rêves comme si le temps n'était pas compté."

"En plus, quand on a une montre, on la regarde", s'esclaffa ma mère.

"Vraiment ? Qu'est-ce que ça change, de toute façon, j'ai perdu."

"Comment ça ? On ne s'avoue pas vaincu tant qu'on n'a pas fini." Ce qui l'énervait, c'était qu'il avait remarqué que dès que je sentais la défaite approcher, j'arrêtais de faire des efforts.

"Où tu vas, là ? C'est un bon début, tu dois continuer dans ce sens. Ne change pas de direction à chaque instant."

On avait recommencé une partie.

"D'accord, d'accord." Pion en h4.

"Ce n'est pas ça que tu dois jouer", me dit mon père.

Je repris mon pion.

"Qu'est-ce que tu penses qu'ils vont devenir, nos deux rouleaux ?" lui demandai-je tout bas pour que ma mère n'entende pas.

"Je ne sais pas encore. Pour l'instant et tant qu'on est là, on les garde ici. Ensuite, on verra."

Fou en c5.

“Voilà, voilà... attends de voir ce que je te concocte...” Il sourit du coin de la bouche et je fis de nouveau une erreur, pion en c4.

“Tu vois ? C’est l’aboutissement d’une tactique que j’ai entamée il y a huit coups. Tu dois maintenir le cap, même si ça change en cours de route.” Cavalier en f3. “Échec.”

“Quoi, j’ai de nouveau perdu ?” Je commençais à en avoir marre, de ce jeu.

“Regarde tout l’échiquier, pas seulement ce que tu as sous le nez.” De la main, il indiqua l’aile-dame.

Soudain, on entendit un coup frappé à la porte.

“Tu en retires de toute façon quelque chose, même si tu perds à la fin.” Lui et ses leçons de morale.

Il laissa le jeu et se mit debout.

“C’est qui, à la porte ?” Je me mis debout moi aussi.

“On se le demande... Le prophète Élie peut-être ? Qui est-ce ?” Lorsque ma mère se leva, ses chaussures s’élargirent.

“Bonsoir Gregor, si j’ai bien compris, les rouleaux de la synagogue se trouvent chez toi.” La silhouette du bedeau se dessina dans le cadre de l’entrée.

“Effectivement. Mais toi, où étais-tu, si je puis me permettre ? Et pourquoi l’édifice était-il ouvert ?” Comme il prenait appui sur la table, mon père était un peu courbé.

“Tu as tout fait rater. Tout notre plan”, lâcha alors le visiteur à voix basse et le regard accusateur.

“Votre plan ?”

"On a fait exprès de laisser la synagogue ouverte, précisément pour qu'ils entrent et cassent tout." Il fit un pas en avant, mais sans pour autant dépasser le seuil, comme s'il savait qu'il n'était pas le bienvenu.

"Et qu'est-ce que tu avais prévu ?" lança mon père.

"Haïm, va dans ta chambre !" cria ma mère.

"On n'a pas fini la partie", protestai-je, mais elle m'indiqua la direction d'un geste autoritaire.

"Je ne comprends pas, tu voulais que la synagogue soit mise à sac ?" Le ton avec lequel mon père avait posé la question me mit aussitôt les larmes aux yeux, tant sa déception était grande.

"Moi, je ne voulais rien, mais tel était le plan. Un lieu de culte violé, ça attire l'attention et on espérait par là obliger les autorités de la ville à réagir face aux violences croissantes dont nous sommes victimes."

"Et c'était censé marcher comment ? Avec qui avez-vous mis au point cette brillante stratégie ? Pourquoi ne pas m'en avoir parlé ?"

Le bedeau ignora la question et reprit : "Ils sont entrés dans la synagogue et n'ont pas trouvé les rouleaux. Vous imaginez un peu la honte ?" À présent, il s'adressait aussi à ma mère.

Cet homme avait un torse long sur de courtes jambes, il portait un ample pantalon noir et sa main droite était remplacée par un doigt en argent, ce qui lui permettait de lire plus facilement le texte sacré.

"La honte ?" Mon père était sur le point d'exploser.

Bien que n'ayant toujours pas été invité à entrer, le bedeau s'approcha de la table et quelques instants plus tard il s'assit carrément sur une chaise. Mon père l'imita, posa devant lui le petit rouleau, celui qui était maudit, et commença à dérouler le parchemin de gauche à droite. Moi, planqué au bout du couloir, j'observais discrètement leurs faits et gestes.

Il dit : "La prochaine fois que vous bâtissez une stratégie aussi remarquable, n'oubliez pas qui contrôle le quartier et notre communauté." Il continuait à faire passer la partie gauche du rouleau autour du manche droit.

"Gregor, faut-il que nous te demandions ton autorisation pour respirer ?"

Je ne comprenais pas de quoi ils parlaient.

"Vous avez mis nos vies en danger, non seulement la mienne mais surtout celle de mon fils."

Je continuais à regarder mon père, il paraissait comme hypnotisé et enroulait toujours la Torah sur la droite.

"Il me semble que tu exagères. On voulait juste créer un peu de provocation."

"Non seulement vous ne m'avez pas prévenu, mais en plus, vous avez laissé la synagogue vide."

"Gregor, oublie. Finalement ça s'est bien terminé." Tout le parchemin était à présent totalement enroulé autour du manche droit alors que le gauche se retrouvait dénudé, avec juste la lisière collée dessus.

"Moi et mon fils avons traversé des rues pleines de monde avec ces reliques à la main, n'importe qui aurait pu nous arrêter et nous tuer." Et soudain, il arracha le manche gauche, se dressa tel un pirate et l'abattit violemment sur le crâne du bedeau qui fut projeté en arrière avant de s'effondrer sur le sol. Je plaquai la main contre ma bouche pour qu'on n'entende pas la moindre de mes respirations.

"Je propose que tu t'en ailles maintenant", dit ma mère.

Le bedeau essaya de se relever mais il avait la tête en sang.

"Je sors faire un tour. J'ai besoin de calme pour réfléchir." Mon père prit une serviette de table, s'en essuya le visage et sortit.

S'appuyant sur une chaise, le blessé se mit lentement debout. Il avait le nez en compote et un œil au beurre noir. Il ne souffla mot, se contentant de regarder ma mère qui, dans un silence total, ramassa les deux rouleaux et les remit dans la baignoire. C'est que ces malheureuses Torah devaient se reposer après ce qu'elles venaient de voir !

"Haïm, viens m'aider !" lança-t-elle.

J'étais pourtant censé être en train de dormir, puisqu'ils m'avaient renvoyé dans ma chambre. Sauf que j'étais resté plaqué contre le mur à ne rien manquer de la scène.

"Quoi ? Tu as dit quoi ?" Je préférais qu'elle ne sache pas que j'avais tout vu et tout entendu. De plus, j'avais peur d'entrer dans le salon tant que le bedeau s'y trouvait.

"Haïm !" insista ma mère en haussant le ton.

Je sortis de la chambre et m'aventurai dans la pièce.

"Où est papa ?" Comme si je ne le savais pas.

“Il est sorti prendre un peu l’air, dis au revoir au monsieur, il s’en va.”

Le pauvre type quitta la maison humilié. Je ne sais pas ce qui s’est vraiment joué ce soir-là. Jamais auparavant je n’avais vu mon père frapper quelqu’un, or il s’y était pris en quasi-professionnel, sans la moindre hésitation et aucune crainte ne s’était peinte sur son visage. Un bref instant, je me dis que les choses n’étaient pas ce qu’elles paraissaient. À son retour, une heure plus tard, il a insisté pour qu’on reprenne la partie.

“Bon, on en était où ?”

“Je m’en souviens pas.” L’heure était tardive et il me faisait peur.

“Ah, oui, voilà, tu avais bougé ton fou. C’est à moi maintenant.” Il leva son pion et l’avança d’une case.

Je fixai sa main, grande, son poignet. À l’endroit où commençait la manche de sa chemise, il y avait une petite tache de sang. Il leva les yeux et il vit tout de suite ce que je fixais. Il écarta le bras de l’échiquier et attrapa le mien.

“Peut-être qu’un jour tu me pardonneras”, dit-il.

8

“Suis-moi”, m’intima mon père.

“On va où ?”

“Je veux te montrer quelque chose d’important.”

Dans le ciel, il y avait presque les trois étoiles requises pour marquer le début des célébrations.

“Mets-toi là, à côté de moi.” Il pointa le doigt vers une petite lucarne dans le mur, derrière la galerie des femmes.

“Attends ici, je vais sauter et je t’ouvrirai de l’intérieur”, chuchota Leon.

“Maintenant attrape le châle de prière à deux mains et ferme les yeux, m’ordonna mon père. Replie-le sur ta tête puis pose-le sur tes épaules.”

“Ouvre doucement la porte et entre. Je monte la garde”, dit-elle. Nous nous étions arrêtés devant un vieux bâtiment en bois.

“Je vois rien”, ai-je chuchoté en retour.

“N’ouvre les yeux que quand je te le dirai. Regarde ton cœur”, susurra mon père.

“Alors, tu vois ? demanda Leon avec un grand sérieux. Tu vois ?” Elle pointa un doigt vers une fenêtre derrière l’arbre.

“Qu’est-ce que je suis censé voir ? Je sais pas...” Je commençais un peu à m’inquiéter.

“Cherche la lumière. Au début de la fête, la lumière vient en visite.” Mon père avait les yeux fermés.

“La lumière qui passe par la fenêtre est suffisante. Fais pas le bébé. Va t’asseoir sur le fauteuil”, me dit-elle en chuchotant.

“Ne t’assieds pas encore.” Il avait toujours les yeux fermés.

“C’est confortable ?” Elle sourit.

“Tu tiens le châle de prière avec ta main gauche et tu le fais passer sur l’épaule avec la droite. Tu recommences de l’autre côté.”

Mon œil droit me trahit et s’ouvrit malgré moi.

“Ferme les yeux et fais ce que je te dis”, susurra-t-elle. Elle posa la main sur la mienne.

“D’accord. Je peux les ouvrir maintenant ?” demandai-je à mon père.

“Arrête de rigoler ! Ouf, tu m’énerves !” Elle continuait à me tenir la main.

“Maintenant, tu peux”, dit-il lentement.

“Attends. Les ouvre pas encore. Attends une seconde.” C’était si harmonieux quand elle parlait. “Lève la main droite et pose-la sur mon épaule.” J’entendis soudain un tremblement dans sa voix.

“T’es très belle, Leon.”

“Comment tu sais puisque t’as les yeux fermés ?”

“Là, à l’intérieur, elle est belle. Il n’y a rien de plus beau que notre Torah.” Mon père souriait fièrement.

“Je peux enfin m’asseoir, papa ?”

“Oui. On va attendre le début de la prière.”

"Approche", dit-elle.
"Va lire avec le chantre."
"Encore ?" demandai-je à Leon
"C'est plus intéressant de près", insista l'officiant.
"Qu'est-ce que tu sens ?" Elle effleurait ma bouche de ses lèvres.
"*Kol Nidré*, que tous les vœux, les interdits..." entonna-t-il.
"Leon, tu crois qu'on sera amis pour l'éternité ?"
"Je sais pas ce que c'est, l'éternité."
"Ne pas manger pendant toute une journée, ça paraît une éternité, mais finalement, ça passe vite." Il voulait se montrer rassurant.
"Je me souviens de la première fois où j'ai jeûné", m'encouragea ma mère en m'embrassant.
"Allez venez, qu'on n'arrive pas en retard à l'office."
"Et tous les serments... toutes les promesses et tous les engagements...", une vibration parcourut le chœur.

9

Ma fille me téléphonait rarement, et cette fois elle était vraiment dans tous ses états. Suite à sa rencontre avec le rabbin Cohen au sujet de son mariage, elle avait compris que cela n'allait pas être une mince affaire.

“La bureaucratie juive dépasse les bornes ! Je suis née en Israël, maman est née en Israël, tu as fui l'Europe et tu es venu ici, je ne comprends pas où est le problème.”

“Qu'est-ce qui s'est passé ? Qu'est-ce qu'il t'a dit ?”

“Ce qu'il m'a dit ? Il ne s'agissait que d'une formalité mais il a eu vent d'une suspicion quant à la judéité de mon arrière-grand-mère, et il veut tirer ça au clair avant d'aller plus loin.”

“C'est ce qu'il a dit ?” Je compris que j'allais devoir partager avec elle la vérité sur notre famille.

“Non mais, franchement ! Comme si mon arrière-grand-mère n'était pas juive ! Tu te rends compte, Haïm ? Ils feront tout pour empêcher notre mariage.” Sharon pleurait.

“Écoute, on n’en a jamais parlé et je ne pensais pas un jour devoir le faire. Ces fils de putes porteurs de kippa !”

“Haïm, de quoi tu parles ?” Elle ne m’a jamais appelé papa.

“Ma grand-mère n’était effectivement pas juive. C’est-à-dire la mère de ton grand-père Yossef. Elle était goy.”

Ma fille a grandi au kibboutz, bien que moi, j’en sois parti alors qu’elle était encore petite. Un peu après la mort de sa mère, Yaël, j’ai simplement tout laissé en plan et je me suis taillé.

C’est là qu’on s’est rencontrés, ma femme et moi. Au kibboutz. Une fille pas très jolie, mais très responsable, qui organisait toujours tout, le genre meneuse. Je l’ai croisée au cours d’une des premières assemblées de membres à laquelle j’ai participé en tant que membre moi aussi. La réunion avait été houleuse. Myriam aussi était présente. À propos, elle me disait toujours que ma trop grande sensibilité me coûterait cher à chaque histoire de cœur… ce qui expliquait d’ailleurs pourquoi j’avais coupé les ponts avec mes parents.

Les rares fois où je revenais au kibboutz, je jouais un peu avec Sharon, mais je me rendais compte que la gamine était persuadée que si j’étais là, c’était pour Myriam et pas pour elle. N’allez pas croire que je ne l’aimais pas, que je ne l’aime pas… c’est juste que je n’ai jamais su quoi lui dire. La vérité, c’est qu’après ce qui s’était passé avec Hézi, je ne voulais pas qu’on me voie dans les parages. Je me faufilais comme un voleur à travers la clôture sud et je fonçais directement chez l’aveugle. C’était là que je retrouvais Sharon, en secret et toujours pour un temps très court. Mais à ses treize ans, les contacts furent presque totalement coupés entre ma fille et moi. Je ne savais pas comment répondre à la haine féroce qu'elle me vouait, d'ailleurs, je ne voulais pas vraiment y répondre. Et puis, au bout de quelques années, elle m'a téléphoné. Soudain. C'était la veille de Kippour. Pour m'apprendre qu'elle avait accompli un retour à la religion et s'était inscrite dans une école talmudique pour femmes. L'entendre m'a fait plaisir.

Quelque temps plus tard, elle m'a rappelé pour me parler d'Akiba : "Et donc, je marchais dans la rue et je l'ai vu. J'ai tout de suite su, Haïm, oui, j'ai su que c'était lui. On n'en a pas encore parlé lui et moi, mais crois-moi, ça va le faire. Même sa mère a compris que c'était le grand amour."

Et voilà qu'elle me téléphonait à nouveau pour m'expliquer que certaines personnes s'étaient évertuées à tout vérifier, à fouiner et qu'elles avaient fini par trouver la faille.

À sa voix, j'ai senti que si elle me contactait, ce n'était pas par envie mais parce que ces salopards l'y obligeaient. Comme tout le monde, elle s'était, au fil du temps, forgé son propre récit familial et maintenant, à vingt-sept ans, elle allait être confrontée à la vérité.

"Un jour, tu m'as raconté quelque chose au sujet de rouleaux de la Torah de votre synagogue en Hongrie quand tu étais petit, tu te souviens ? Un épisode qui me faisait rire à l'époque. Vous imaginer dans l'appartement danser ou manger en compagnie de ces rouleaux assis avec vous autour de la table."

“C’est moi qui t’ai raconté ça ?”

“Je ne sais pas, peut-être Myriam. Je ne m’en souviens plus.”

Après la mort de Yaël et ma désertion, Sharon avait été adoptée et élevée par Moshé et Daniella, un couple très particulier, de grands idéalistes, de ces “Juifs-Arabes” comme ils aimaient à se qualifier. Ils s’habillaient en Bédouins, lui montait à cheval en djellaba avec un poignard glissé dans la ceinture, elle portait des robes brodées. Je pense qu’ils ne se sont jamais disputés, ces deux-là, qu’ils ont toujours vécu dans cette espèce d’harmonie écœurante. Myriam m’a raconté que dès la fin de la semaine de deuil, le couple avait exigé la convocation d’une assemblée générale extraordinaire. Après avoir exprimé à quel point ils étaient choqués par mon comportement, ils ont demandé à adopter Sharon sans plus attendre. Ils avaient déjà deux enfants, ils l’ajoutèrent. Bien sûr, elle grandit comme c’était l’usage pour tous dans la maison d’enfants, mais Moshé et Daniella furent ses parents. En fait, ils le sont toujours. Ce qui n’empêchait pas ma fille de venir chez Myriam de temps en temps pour entendre des histoires sur sa vraie famille, sur moi. L’aveugle était devenue la grande prêtresse du kibboutz, avec sa chevelure grise et fournie, maintenue vers l’arrière dans une sorte d’élégant catogan, de ceux qu’on voyait dans les concours de beauté d’antan. Malgré son handicap, elle avait de très beaux yeux, un peu bridés, presque sans blanc ni iris, juste une pupille noire si grande qu’elle ne voyait qu’elle-même.

Chaque fois que je débarquais au kibboutz, j’aimais me plonger dans sa bibliothèque. Y étaient rassemblés des milliers de livres dans tout un tas de langues. Secrètement, je lisais en hongrois, je le faisais rouler dans ma bouche, je me représentais cette langue qui se déversait à nouveau sur mes neurones, ses syllabes me vrillaient l'imagination, sans être bien sûr articulées, car au kibboutz on ne parlait qu'hébreu.

“Pourquoi est-ce que tu achètes tous ces ouvrages ?” Puisqu'elle était aveugle, me disais-je, qu'est-ce qu'elle pouvait bien en faire ?

“J'achète selon ce dont je me souviens. Quand j'étais jeune, j'ai tellement lu que je veux avoir ces textes autour de moi. Qu'ils souffrent eux aussi de cette chaleur !” Elle lâcha un petit rire discret.

“Mais pourquoi en hébreu ? À quoi ça rime, l'hébreu, tu ne le déchiffres même pas.”

“Quelle importance, puisque le contenu est identique. En plus, c'est un héritage dont vous pourrez au moins profiter. Moi, je m'en fiche, je serai morte, mais vous, quel usage feriez-vous de livres en polonais ou en russe ?”

Au fil des années, Myriam était devenue une sorte de miroir, ou plutôt de vitre, entre Sharon et moi. Ainsi, elle transmettait des informations de l'un à l'autre pour que, malgré tout, nous gardions un lien, fût-il indirect. Le jour où elle m'informa de la relation qui s'était nouée entre Sharon et Akiba, elle me rappela aussi la fois où, au cours d'une de mes rares visites, j'avais été bouleversé par ma fille : nous étions en train de jouer et tout à coup, la petite s'était mise à me raconter une histoire où elle se voyait transformée en colline et en wadi. Sa créativité m'avait laissé pantois. Je lui dis que j'étais au courant pour les deux tourtereaux, elle en fut un peu étonnée.

"Elle m'a téléphoné."

"Dans ce cas, c'est sérieux."

"Salut, Haïm, c'est moi, toi ça va ?" C'était ainsi que Sharon avait entamé la conversation ce fameux matin.

"Salut, wouah ! Ça fait longtemps qu'on ne s'est pas parlé. Je vais bien. Et toi ? Tu as besoin de quelque chose ?"

"Oui. On doit parler tous les deux. Je vais me marier. Avec un garçon qui s'appelle Akiba."

Je crus au début qu'elle allait m'inviter à la cérémonie, mais alors elle mentionna l'affaire de son arrière-grand-mère à la judaïté douteuse. Le rabbin Cohen lui avait annoncé qu'il stoppait toute la procédure tant que ce point n'avait pas été éclairci.

"Akiba vient d'une famille de gens très importants, et ça complique tout", ajouta-t-elle.

"C'est vraiment lamentable, j'ai du mal à croire que quelqu'un s'en préoccupe ! Je vais tous les tuer et je vais aller casser la gueule et les lunettes de ton imbécile de rabbin, s'il en a."

"*Oysh*, arrête, s'il te plaît."

"Tu sais quoi ? Ton Akiba, s'il t'aime vraiment et si c'est un vrai héros, eh bien, qu'il se lève et qu'il parte. Qu'il t'emmène vivre ailleurs avec lui. De toute façon, rester dans ce pays, c'est sans avenir !"

"Je ne comprends pas… quoi, c'est vrai ? Cette rumeur, elle est vraie ? J'ai une arrière-grand-mère qui n'est pas juive ?"

“C’est en même temps vrai et pas vrai. Le problème, c’est que je n’ai aucun moyen de leur prouver que ce n’est pas vrai.” Et soudain, je me suis entendu dire : “Va donc trouver le directeur de la yeshiva de ton amoureux et parle-lui.”

“Qu’est-ce que tu racontes ? Impossible que j’aille lui parler, tu sais bien comment ça se passe avec ces gens-là. Chez eux, rien n’est simple.”

“Tu dois trouver un moyen d’atteindre ce grand sage, c’est le seul qui pourra t’aider.” Et après avoir pris une profonde inspiration, j’ai ajouté : “Il connaissait ton grand-père Yossef.”

“Quoi ? Qu’est-ce que ça veut dire ? Mais on nage en pleine fiction, là !”

“Quand il était jeune, c’était lui le secrétaire personnel du grand rabbin Schteirmel, le directeur de la yeshiva où ton grand-père a étudié. Il le connaissait donc très bien, et il connait aussi très bien cette affaire. De plus, ils viennent de la même bourgade.”

Je raccrochai avec la sensation que mon monde s’écroulait. Non seulement ce directeur de yeshiva et toute la clique d’Akiba m’énervaient, non seulement j’étais contrarié de devoir en parler à Sharon, mais ce qui me dérangeait le plus, c’était qu’elle se trouvait dans l’obligation de me demander une faveur, après tant d’années. Elle devait être dans un état ! En un jour, tout ce qu’elle croyait savoir devenait sujet à caution et elle le payait au prix fort.

Une semaine plus tard, elle m’annonça qu’elle avait transmis un mot à son futur pour lui expliquer la situation et l’urgence pour elle de trouver un moyen de parler à celui qui détenait l’autorité, “en l'occurrence ton grand-père, c'est le seul qui pourra nous aider", avait-elle stipulé. Quelques jours plus tard, le couple se retrouva en secret.

"Il m'a dit que le vieux ne parlait pas avec les femmes qui n'étaient pas mariées et que si je voulais une bénédiction, je devais m'adresser à son épouse."

"Une bénédiction, c'est exactement ce dont tu as besoin." Sharon et moi avons eu un petit rire.

"Mais dès qu'elle saura qu'il s'agit de la fiancée de son petit-fils, ce sera une autre paire de manches."

Un jour, quelques années avant que cette affaire n'éclate, à une époque où il n'y avait pas encore d'Akiba dans notre vie, je suis allé faire un tour dans le quartier ultraorthodoxe. En me baladant, je me suis demandé qui pouvait bien vivre dans un endroit aussi crasseux ? J'ai croisé plein de Juifs en costume traditionnel, certains semblaient quêter quelque chose, d'autres fuir quelque chose, rien que des individus dénués de présent. Je me souviens même très bien de l'immeuble où habitait le fameux grand-père, directeur de la yeshiva : son architecture ne passait pas inaperçue parce qu'elle incluait les premières grandes baies vitrées du quartier. En cette journée si caractéristique de Jérusalem, fraîche, avec grand soleil et odeur de pluie encore prégnante, j'ai emprunté la rue Heleniha-Malka, je me suis assis sur les marches glaciales d'un perron et j'ai fermé les yeux pour me réchauffer les paupières.

"Bonjour", me surprit une voix féminine qui venait de l'intérieur de la maison.

J'ai sauté sur mes pieds en laissant échapper un cri.

"Ne vous affolez pas, je suis là, à la fenêtre."

Je découvris alors qu'il y avait effectivement une petite fenêtre à ma droite.

"Ah, excusez-moi, Madame, je ne voulais pas vous déranger. C'est juste que je marchais dans la rue et je me suis assis pour..."

"Aucun problème. Vous voulez un verre d'eau ?"

"Non, merci, je dois y aller, je suis en retard. Merci beaucoup." Je me suis levé et j'ai commencé à m'éloigner.

"Entrez donc boire un verre d'eau ! Ça m'ennuierait que vous vous desséchiez sous un tel soleil !" Elle parlait sur un ton très doux, à peine audible.

Au début, j'ai trouvé étrange qu'une femme pieuse convie ainsi un homme chez elle au milieu de la journée, mais en m'approchant, je me suis rendu compte qu'elle était totalement laïque, ou alors bouddhiste, enfin un truc dans le genre. Je n'avais jamais couché avec une bouddhiste.

La porte s'est ouverte, et je me suis trouvé face à une femme très belle, aux larges épaules. Elle portait une jolie robe rouge qui, sans rien dévoiler de son corps, mettait clairement en évidence l'étroitesse de sa taille. En entrant, je ne vis que des livres, je n'exagère pas : il y en avait partout, jusqu'au plus petit recoin. Davantage que dans la bibliothèque de Myriam. Tous les murs en étaient couverts. Ils formaient même des meubles, comme les six piles de livres sur lesquelles reposait une grande plaque de verre qui faisait office de table pour manger. Quelle belle idée, ai-je pensé.

Autour des canapés jaunes il y avait aussi tout un assortiment de piles de différentes tailles utilisées comme socles à des bougeoirs, des verres à pied métalliques, des photos de famille, quelques bouteilles de vin. Il y avait même une calculatrice de poche sur l'une d'elles. Je me suis arrêté sur le seuil du salon. Elle est entrée dans sa cuisine et a dit : "Je n'ai que du soda, j'espère que ça ira."

"Oui, merci, vraiment, merci."

J'ai rapidement avalé ma boisson, j'avais effectivement un léger vertige à cause du soleil tapant et je me suis assis un instant sur une chaise. Cette maison était construite d'une drôle de manière : de chaque côté de la pièce où je me trouvais s'élevait un escalier en bois qui montait à l'étage. Celui de droite était un peu raide et en colimaçon, celui de gauche normal, mais surtout, tous les deux croulaient sous les livres et dans tout le salon régnait une odeur de miel.

"Vous avez une très belle maison, et tellement de bouquins ! Il y en a partout." J'ai repris un peu de soda.

"Oui, ils appartiennent à mon grand-père qui lit beaucoup. Il prétend ne pas avoir encore trouvé le livre qui raconterait sa vie à lui."

"Ah, d'accord." Je n'étais pas d'humeur à entamer une conversation.

"Il assure qu'il doit en exister un racontant, de manière totalement fortuite, précisément l'histoire de sa vie. C'est scientifiquement prouvé, à ses dires."

"Il n'a qu'à simplement l'écrire lui-même, ce livre !" J'ai essayé un trait d'humour.

“Mais non, c’est justement ça tout l’intérêt : trouver le texte écrit par un inconnu et dans lequel serait narrée sa vie. Il ne s’agit bien sûr pas d’y trouver les choses telles que, la retranscription exacte des endroits où il s’est rendu ni les actes précis qu’il a accomplis, mais il doit y trouver sa vie représentée de la manière la plus juste possible.”

Voilà bien une des choses les plus étonnantes que j’aie jamais entendues. Pourquoi quelqu’un se lancerait-il dans une telle quête ? D’où lui venait l’assurance que ce livre avait été ou serait écrit ? Il faut absolument que je rencontre ce monsieur, me suis-je dit.

“Mon grand-père est spécialiste de la philosophie du Moyen-Âge, il enseigne à l’université. De nombreuses théories datant de cette époque affirment que l’homme ne peut pas inventer ce qu’il ne connaît pas. Ce qui veut dire que tout ce que nous pensons ou imaginons provient de connaissances que nous avons déjà ; qu’il est impossible d’inventer quelque chose qui ne serait pas basé sur un savoir antérieur et inversement : tout ce que nous pouvons imaginer existe quelque part, sans quoi nous n’aurions pas pu l’imaginer. C’est sa théorie de prédilection, et donc, pour la démontrer, il s’obstine à trouver un livre, né de l’imagination d’un tiers, qui serait basé sur son histoire à lui.”

“J’en perds mes mots. C’est incroyable ! Combien de livres a-t-il déjà lus ?”

“Impossible à dire. Ici, chez nous, on en a une dizaine de milliers et dans son bureau, j’imagine qu’il en conserve le double.”

Je me suis levé et j'ai commencé à déambuler à travers les pièces, il y avait des livres dans un tas de langues, en russe, en allemand, en anglais, toutes sortes d'ouvrages, de titres, de couvertures qui dégageaient un délicieux parfum. J'en ai ouvert quelques-uns pour humer les pages, odeur violente, presque âcre. Un des livres que je pris en main était couvert d'une sorte de cuir épais mais souple et, sur la page de garde, je lus cette dédicace en allemand : "À mon cher, si cher Ivgéni", suivi de : "mon ami de cœur rencontré trop tardivement, l'inspiration n'est pas toujours linéaire". Puis, en dessous, après un assez grand espace : "alors repose-toi de temps en temps." Signé : S. Z.

"Qui est S. Z. ?"

"Stefan Zweig, ils étaient de grands amis."

Voilà à présent que l'écrivain que nous vénérions, Myriam et moi, surgissait soudain en des circonstances totalement improbables – dans cette maison d'un quartier ultraorthodoxe, au détour d'une histoire des plus étranges… Comment expliquer que, de tous les livres qui envahissaient cet espace, j'avais tiré justement celui-là, écrit par mon auteur. J'exultais, ma curiosité envers le grand-père de cette femme ne cessait de croître. Zweig était mort en 1942, ce monsieur devait avoir au moins vingt ans à l'époque, ce qui signifiait que maintenant, il en avait au moins soixante-cinq, voire soixante-dix. D'après la dédicace, ils s'étaient connus vers la fin de la vie de Zweig, en Amérique du Sud peut-être ? Ou juste avant que l'écrivain ne quitte l'Europe ? Il était déjà midi, tous mes problèmes s'étaient évaporés, rien d'autre ne m'intéressait soudain. C'était sûrement le bon Dieu qui m'avait ouvert la porte de cette maison-là, à cette heure-là, qui d'autre ? Dans ce quartier-là, Lui seul décidait.

"Comme c'est étrange, j'ai pêché au hasard mon écrivain préféré. Je lis et relis certains de ses livres depuis des années."

"*Le Monde d'hier*. On a sa première édition quelque part ici. Après la mort de Zweig, mon grand-père a reçu une caisse contenant différents objets, dont cette première édition, entre autres. Il y avait aussi le passage d'un poème de Goethe écrit de la propre main du poète et une partition manuscrite de Schubert."

"Est-ce que votre grand-père va bientôt rentrer ? J'aimerais beaucoup le rencontrer."

"Pas sûr que ce soit possible. À son âge, ça devient de plus en plus difficile de le convaincre d'accepter de nouvelles personnes. Il veut consacrer tout son temps à la lecture. Aujourd'hui, il est allé dans le nord du pays afin de discuter avec un ami qui lit pour lui. Ils se retrouvent plusieurs fois par an, mon grand-père l'informe de ce qui lui est arrivé depuis leur précédente rencontre de sorte que, si jamais cet ami tombe dessus dans un livre, il puisse le relier à sa personne. Je ne sais pas exactement quand il a l'intention de rentrer. Peut-être en début de semaine prochaine."

J'ai continué à feuilleter le livre de Zweig que j'avais à la main. À l'intérieur, il y avait des phrases entières soulignées et de nombreuses remarques au crayon ou au stylo, que j'ai essayé de lire – sans succès, mon allemand étant trop limité pour décrypter ce genre d'écriture ancienne. J'ai continué à feuilleter d'autres ouvrages qui étaient autour de moi. Dans tous, il y avait de nombreuses notes manuscrites.

Un recueil en anglais attira mon attention parce que, à côté du titre, je lus : "*Presque, mais pas encore ça !*" C'était un recueil de poèmes de Tagore, bourré d'annotations. Les quelques-unes que je réussis à déchiffrer me parurent complètement insensées, je n'en revenais pas. "*Ressenti dans les années quarante, au moment où nous sommes arrivés en* Eretz-Israël – *pour mémoire, penser à Shoshana.*" Partout, il avait laissé des notes liées à sa propre vie, chacune des phrases témoignant, jusque dans sa forme, de cette quête folle et obsessionnelle, comme par exemple celle-ci, rédigée au crayon : "*Yehouda machin, un gars à la peau mate, sans mains, rencontre à la gare routière de Lod, veille du Séder, 1962.*" Ce qu'elle avait de particulièrement intéressant, c'était qu'elle était placée en marge de ces vers : "*When I go from hence, let this be my parting word / that what I / have seen is unsurpassable.*"

Dans ce volume, de nombreuses remarques en marge signifiaient que beaucoup de passages collaient à la vie du grand-père avec presque autant d'exactitude que s'il les avait écrits lui-même.

"Ces pages contiennent de merveilleux poèmes, j'aime Tagore. Ma femme, Yaël, détestait la poésie, elle disait que ça souillait l'âme."

"Eh bien, je dirais plutôt que c'est votre femme Yaël qui souille l'âme." La bouddhiste se permit de lâcher un petit rire.

Les images que je m'étais représentées de cette femme à quatre pattes dans un lit se transformèrent en larmes qui m'emplirent les yeux. Elle avait quelque chose de très spécial, quant à son grand-père, qui sait à quoi il ressemblait, quel genre d'original c'était. J'ai fini par convenir avec elle que si, tout de même, il y avait moyen de discuter avec eux, je serais ravi de repasser – pourquoi pas la semaine prochaine ? – pour papoter un peu littérature. Elle m'a prié de lui laisser mon numéro de téléphone, si elle voyait une possibilité, elle m'appellerait. Avant de partir, je lui ai demandé : "Pourquoi m'avoir proposé d'entrer ? C'est-à-dire, je vous remercie beaucoup, mais ce n'est pas évident, vous êtes une femme seule et je suis un inconnu qui apparaît tout à coup à la fenêtre."

"Vous n'êtes pas un inconnu, vous êtes un homme en chemise jaune et aux traits sympathiques que j'ai soudain vu dans ma cour. Ça commençait comme un roman que j'ai lu, écrit par un auteur chinois du nom de I-Tchaï. Chez lui aussi, un type en chemise jaune entrait dans la cour d'un couple marié à Hong-Kong. Quand vous vous êtes arrêté ici, j'ai pensé que l'histoire était peut-être en train de se réaliser."

"Et ça a marché ?"

"La vérité, ça avait bien commencé, mais après, au lieu d'aller dans la cuisine et d'ouvrir le robinet, comme ce qui est écrit dans le roman, vous êtes allé dans le salon et vous avez choisi le Zweig, ce qui a tout chamboulé."

"Si j'étais entré dans la cuisine et que j'avais ouvert le robinet, que se serait-il passé ensuite ?"

"Vous auriez pris un couteau, vous l'auriez lavé, peut-être auriez-vous aussi attrapé une pomme sur la table, puis vous vous seriez assis sur mon lit pour la manger.”

“Dans ce cas, une chance que j’aie choisi *Le Monde d’hier*, je déteste les pommes.”

Quand elle riait, ses seins sautillaient : elle n’avait absolument pas l’air d’être un personnage de fiction.

“Et qu’est-ce que vous avez l’intention de faire maintenant ? Comment vas-tu atteindre le grand-père ?” ai-je demandé à Sharon.

“Ne t’inquiète pas, on a un plan. Il y a quelques jours, j’en ai discuté avec la directrice de mon école. Elle va téléphoner au secrétaire de la yeshiva pour demander une audience au directeur. Il acceptera et je l’y accompagnerai. À deux, on essaiera d’expliquer notre cas.”

“Je suis désolé pour toutes ces complications.”

“Je n’arrive pas à croire que mon grand-père a connu le grand-père d’Akiba, c’est une histoire à dormir debout ! Et surtout, je ne comprends pas qu’on ne m’en ait jamais parlé !”

“Myriam n’était pas au courant. Personne ne le savait. Sauf ta grand-mère.”

“Tu lui parles de temps en temps ?”

“Ce n’est pas toujours facile de rester en contact avec ses parents. Ne t’en préoccupe pas pour l’instant.”

10

L'autre guerre que j'ai dû éviter fut la crise du canal de Suez. J'avais vingt-six ans et l'armée israélienne a voulu m'enrôler. Je ne suis pas naïf et pas non plus antimilitariste par principe, je n'ai rien contre le fait que des gens meurent pour leur pays, c'est juste que je ne vois pas pourquoi ça devrait être moi. J'avais réussi à traverser une guerre mondiale sans devenir un héros et je voulais en rester là. Dès que j'ai vu le danger approcher, j'ai fait un pas de côté.

Un jour – Yaël et moi sortions déjà ensemble, en fait on vivait même ensemble dans sa maisonnette du kibboutz –, elle m'a accompagné à Tel-Aviv où je devais subir un interrogatoire en vue de percevoir une pension des Allemands. C'était en 1960 ou 1962, quelque chose comme ça. On a pris le bus, le trajet a duré plusieurs heures, il faisait froid, on était assis avec une couverture sur les genoux, collés l'un contre l'autre. On était partis un lundi pour un rendez-vous à l'office gouvernemental le lendemain. C'était elle qui m'avait persuadé de déposer une telle demande, moi, j'étais contre. Non que ça me déplaisait de recevoir un peu d'argent de l'Allemagne ou de n'importe qui d'autre d'ailleurs, mais je n'avais pas envie d'aller raconter mon histoire, de prouver combien j'avais souffert ou surmonté d'épreuves, combien j'étais plus – ou moins – méritant que ceux qu'on avait assassinés. Tout ça ne m'intéressait pas, mais elle a tellement insisté que je me suis laissé convaincre. Elle disait que c'était bien, important et qu'en plus, ça m'aiderait à me sentir plus à l'aise question finances. Il est vrai que je ne rapportais pas beaucoup d'argent au kibboutz, ce que me reprochaient certains camarades. Car bien sûr, là aussi, je m'étais débrouillé pour fuir toute responsabilité et tout travail exagéré, c'est-à-dire que j'en faisais le moins possible.

On est arrivés à Tel-Aviv le lundi soir et le mardi matin on s'est rendus à l'office où j'ai signalé ma présence. À notre arrivée, il n'y avait pas encore trop de monde dans la salle d'attente : quelques couples et une femme seule occupée à tricoter une écharpe ou un pull. Les gens ne discutaient pas entre eux mais gardaient plutôt les yeux baissés, peut-être parce que personne ne voulait vraiment de ces indemnités, ou parce qu'en matière d'argent, mieux vaut être le seul survivant. La femme qui tricotait entra dans le bureau, et quelques minutes plus tard, une employée en sortit : “Est-ce qu'il y a ici quelqu'un qui parle hongrois ?” demanda-t-elle.

Je n'avais pas envie de répondre, j'ai donc continué à discuter avec Yaël… mais elle, elle n'a pas compris : “Haïm, allez, dis-lui que tu parles hongrois. Quoi, tu es sourd ?”

“Oui, je parle magyar.”

“Vous voulez bien entrer un instant ? Nous avons besoin d’aide pour la traduction.”

C’est ainsi que j’ai été obligé de me lever de ma chaise. Sous le sourire radieux de ma femme qui m’encouragea d’un clin d’œil, j’entrai dans le bureau. C’était la première fois que je voyais de près un établissement public. Plutôt minable comme aspect, avec des meubles en bois défraîchi, de ceux qui, même neufs, paraissent déjà usés. Face à moi était assise la fonctionnaire, une femme assez jolie, qui parlait avec un lourd accent allemand et répondait au prénom de Frida. Peut-être avait-elle un jour été Friederike avant de décider de s’hébraïser un peu.

“Voilà, cette dame veut demander des indemnités mais elle ne parle pas un mot d’hébreu et j’ai besoin de renseignements pour remplir son dossier. Seriez-vous prêt à nous servir d’interprète ?”

Cela faisait des années que je n’avais pas parlé hongrois en public, et la vérité, c’est que je me refusais à le parler. Je ne voulais pas traduire pour cette inconnue, pas même l’envisager. Je me débrouillais suffisamment en hébreu pour m’en satisfaire. De nouveaux mots, de nouvelles pensées, de nouveaux souvenirs. En finir avec ce poids-là.

“Bon, allez, d’accord, mais je n’ai pas beaucoup de temps.”

“Ça ne prendra que quelques minutes.”

“Madame, pouvez-vous me donner, s’il vous plaît, vos nom et prénoms ainsi que le nom de jeune fille de votre mère ?” commença Frida.

Je traduisis : “Elle vous demande vos nom et prénoms et le nom de votre mère avant son mariage.”

La femme me regarda et sourit : “Votre voix me rappelle tant de choses… agréables !”

“Vous pouvez juste me donner votre nom ?”

“Rivka Hašak, le nom de ma mère avant son mariage, c’est Hašak.”

Je traduisis.

“Le même nom ? Comment ça, vos parents étaient frère et sœur ?” La fonctionnaire parlait avec ce mépris typiquement allemand, comme si tous les autres Ashkénazes étaient des primitifs.

“Je ne pense pas qu’ils étaient frère et sœur, sans doute du même village, quelque chose comme ça.” J’ai insisté sur chaque mot.

“Demandez-le-lui, s’il vous plaît”, s’obstina Frida.

“On n’est pas là pour satisfaire votre curiosité. De quoi avez-vous encore besoin pour son dossier ?”

“Qu’est-ce qu’elle dit ?”, demanda Rivka.

“Rien, de la bureaucratie”, répondis-je.

“En quelle année est-elle arrivée en Israël ?”

Je traduisis : “1952.”

“Où était-elle entre la fin de la guerre et son immigration en Israël ?”

“Après la guerre, elle est restée cachée dans le couvent où elle s’était réfugiée en 1944, ensuite elle est allée chez sa sœur qui entre-temps s’était installée à Varsovie.”

“Et pendant la guerre ? Dans quel camp a-t-elle été déportée ?” Le ton était celui de la professionnelle rompue à ce genre d’interrogatoire.

“À Auschwitz. Jusqu’à ce qu’ils arrivent à s’en échapper et c’est là qu’elle s’est cachée dans un couvent près de la frontière", ai-je répondu à la place de l'intéressée, en hésitant un peu.

"Combien d'années en pratique est-elle restée là-bas ?"

Soudain, Rivka commença à s'énerver, elle éleva la voix, au point même de crier, pourrais-je dire. Elle bondit sur ses pieds et se mit à déverser un flot de phrases rapides sur la fonctionnaire assise derrière son bureau et qui attendait que je reprenne enfin mon rôle.

"Vous croyez tout savoir ? Eh bien d'accord, je l'admets, c'était moi qui commandais, et alors ? Quelques femmes ont dû mourir pour que d'autres soient sauvées, et alors ? Vous devriez avoir honte, vous tous, tranquillement assis derrière vos bureaux, à attendre qu'on vous donne les bonnes réponses ! Je ne regrette rien. Bien sûr qu'on a parfois eu des choix difficiles, que dans le block, il y avait des femmes insupportables, alors qu'est-ce que j'ai fait ? Hein ? On les a frappées. Je pense que personne ici n'aurait accepté de laisser la désobéissance mettre tout le baraquement en danger."

Estomaqué, je suis resté quelques secondes sans trouver mes mots.

"Alors ? Qu'est-ce qu'elle raconte ? Vous voulez bien traduire, s'il vous plaît ?"

J'ai regardé Frida tandis que Rivka s'échauffait de plus en plus.

"Vous savez quoi ? Je n'en veux pas, de votre pension, en ce qui me concerne, vous pouvez tous crever. Si je dois demander pardon pour l'obtenir, je préfère mourir de faim. Chacun doit choisir, et moi, j'ai choisi la vie. Ma vie ! Je n'aurais pas dû ? Honte à vous !"

"Alors, qu'est-ce que vous attendez ?" me houspilla la fonctionnaire qui avait des formulaires dont elle devait absolument remplir les blancs.

"Ce qu'elle dit, juste pour qu'on comprenne son ressenti, c'est qu'elle s'en est à peine sortie, de cette guerre. Qu'en vrai, c'est une grande lâche, pas du tout une héroïne, comme vous semblez le croire ; certaines nuits, elle se pissait dessus de peur rien qu'en pensant à sa situation. Elle estime donc ne mériter aucune pension, elle n'est qu'une simple femme qui a essayé d'éviter les ennuis." Là, mon imagination cala. C'est que je n'avais pas été kapo, moi. Son histoire, il ne fallait à aucun prix la raconter, elle risquait de se retrouver en prison, et certainement sans obtenir le moindre centime.

"Je ne comprends pas pourquoi elle crie. Qu'est-ce qu'elle a dit d'autre ?"

Les deux femmes me scrutaient d'un même regard perçant et soupçonneux.

"Oui, elle a crié en évoquant la mémoire de son meilleur ami qui est mort dans ce camp, ce qui a été pour elle la pire épreuve, se retrouver de nouveau seule. Sans personne." Là, mon mensonge commença à se structurer.

"J'en entends beaucoup, des histoires de ce genre. Pouvez-vous lui demander..." Frida n'eut pas le temps de terminer sa question que Rivka reprenait de plus belle :

"Alors, tu lui as traduit ? Parce que je n'ai pas l'intention de m'excuser. C'est elle qui devrait avoir honte ! Non mais, regarde-la, assise toute calme sur sa chaise avec ses lunettes dorées. Pendant quatre ans, je n'ai pas fermé l'œil, quelqu'un d'entre vous peut imaginer ça ? Bon, toi, tu en sais sûrement quelque chose, tu viens aussi de là-bas. La nuit, je leur demandais pardon, à toutes. Mais le jour ? Le jour, je distribuais les coups sans compter, pour être sûre de n'avoir aucun problème de discipline, qu'on n'ait pas la visite d'un officier qui viendrait mettre de l'ordre lui-même. Vous savez pourquoi ? Parce que, dans ce cas, ç'aurait été l'horreur absolue pour moi et pour mes camarades. Ils nous auraient toutes assassinées, et alors, à qui vous auriez donné une pension ?"

"Oui, alors elle ajoute que ses parents sont rentrés en Hongrie après la guerre, mais qu'elle a voulu immigrer en Israël parce qu'elle refusait de vivre au milieu de tous ces antisémites."

"Pouvez-vous lui expliquer que je n'ai pas besoin de ces détails-là. Qu'elle se contente de répondre aux questions que je pose."

"Elle m'a aussi demandé de vous dire qu'elle appréciait beaucoup le travail que vous faites, vous et vos collègues..." J'avais déjà perdu tout lien avec la réalité, je ne voulais qu'une chose, s'était me tirer de là au plus vite. Cette pauvre femme ne comprenait pas du tout où elle avait mis les pieds, ni quel jeu elle devait jouer. Or, elle en avait besoin, de cet argent, il fallait bien qu'elle vive de quelque chose. Exclu de laisser ce foutu magyar lui bousiller ses chances.

"Parce que, reprit-elle après s'être rassise, est-ce qu'on savait quelque chose ? Est-ce que quelqu'un savait ? J'ai envoyé une vingtaine ou une trentaine de filles à la mort tous les jours. Tous les jours. Tu comprends ? Mille deux cents jours, multipliés par trente. Fais le calcul tout seul."

"Elle vient de m'expliquer qu'elle se destinait à devenir spécialiste de littérature avant la guerre et qu'ici, maintenant, elle est serveuse." J'en tremblais.

"Elle travaille où ?"

"Dans le sud de Tel-Aviv. Dans un club."

"Revenons un instant à la guerre. Comment a-t-elle finalement réussi à échapper ?"

Et moi, quand pourrais-je enfin m'échapper ?

"Au cours de mes quatre ans à Auschwitz, je suis devenue amie avec une fille, une gradée qui venait faire l'inspection tous les matins pendant l'appel. Elle est restée peut-être trois ans dans le camp, tu veux savoir comment elle s'appelait ? Eh bien, elle s'appelait Agatha. Au fil du temps, une amitié visuelle s'est tissée entre nous, basée uniquement sur des regards. Jusqu'à ce fameux jour, nous n'avions pas échangé le moindre mot, on se contentait de s'observer et parfois, la nuit, j'imaginais son histoire, pourquoi elle servait ici. Jusqu'à ce mardi de l'été 1944. Pendant l'appel, j'ai vu que quelque chose dans son visage avait changé. Je la connaissais déjà par cœur, j'arrivais à deviner si elle avait bien dormi ou pas assez, si elle avait fait de beaux rêves ou des cauchemars, si elle avait pris son petit déjeuner ou non. Mais ce matin-là, il y avait quelque chose de nouveau, quelque chose que je n'avais pas vu au cours de toutes les années précédentes."

"Laissez-moi le temps de traduire jusque-là."

"D'accord."

“Elle raconte qu’en 1944, elle a réussi à s’échapper après la tentative de révolte organisée dans le camp et au cours de laquelle elle a perdu beaucoup d’amis. Mais elle et quelques autres ont réussi à fuir. Elle déclare qu’elle est très fière de cette révolte et qu’elle estime que c’est important d’en parler pour qu’on sache que tous n’étaient pas des trouillards, qu’ils ont essayé de résister. Cette tentative a été réprimée dans le sang mais un certain nombre de déportés ont pu s’échapper.”

Ça non plus, ça n’avait rien à voir avec la réalité, mais il fallait bien que j’offre à Frida quelque chose à se mettre sous la dent. Elle hocha la tête tout en notant rapidement mes mots pour ne rien louper des informations données.

Dès que j’eus terminé, Rivka enchaîna : “Ce matin-là, il y avait quelque chose sur la peau de son visage, une nouvelle ride que je ne connaissais pas. Comme lorsqu’on concentre ses yeux sur un point précis, ou qu’on réfléchit... quelque chose d’un peu étrange. Soudain Agatha avait l’air de quelqu’un qui pense et non de quelqu’un qui obéit. Je l’ai fixée de mon regard habituel, sans sourire ni aucun signe superflu, et aussitôt, sans parler, j’ai senti qu’elle me disait que le moment était venu, qu’elle allait partir. Je ne sais pas comment, mais j’ai compris.”

Frida écoutait avec attention. De quoi donc rêvait cette femme pendant la nuit ? Arrivait-elle à dormir après une journée passée à entendre tous ces témoignages ?

“Vous pouvez traduire ?” me secoua-t-elle.

“Oui, elle dit qu’après la révolte, les déportés se sont tous dispersés dans les bois. Elle a réussi à convaincre un paysan de lui donner un peu de pain et d'eau puis a aussitôt repris la route. Impossible de s'arrêter plus de quelques minutes. Même en dormant, ils devaient continuer à avancer."

"Cette nuit-là, je me suis réveillée en entendant plusieurs filles se disputer. Je me suis approchée d'elles et j'ai commencé par les séparer, ensuite, j'en ai choisi une pour la punir, il fallait bien. Et celle-là, je te l'ai attrapée par les cheveux et je lui ai cogné la tête contre le bois du châlit. Ça l'a fait saigner du nez et on ne pouvait pas garder quelqu'un en sang dans le baraquement... qui sait quand l'inspection allait passer. Alors, on l'a jetée dehors, moi, je l'ai jetée dehors. Pour qui elle se prenait ? À oser se bagarrer au milieu de la nuit ? Si un officier était passé et l'avait trouvée dans cet état, il nous aurait toutes liquidées. Alors quoi ? J'ai fait ce que j'avais à faire. Et arrête de me regarder comme ça, je ne le supporte pas !"

"Madame, je ne fais que vous écouter."

"Alors écoute avec tes oreilles, pas avec tes yeux !" hurla-t-elle.

La fonctionnaire se rappela à notre bon souvenir : "Elle parle trop, dites-lui que je n'ai pas besoin de toutes ces informations. Restons-en à ce que demande le formulaire, d'accord ?"

"Attendez, laissez-la terminer", ai-je répliqué en la faisant taire du geste et elle s'est reculée contre le dossier de sa chaise.

"En ce qui me concerne, tu peux tout lui raconter. Je suis fière de ce que j'ai fait, il y a ceux qui fuient et ceux qui affrontent le feu."

Il y a ceux qui collaborent et ceux qui agissent de concert. Mon père avait dit ça au procès.

“Alors, vous traduisez ? Eh, jeune homme, vous vous souvenez pourquoi vous êtes là ?”

“Oui. Elle a terminé en expliquant qu’après cette fuite, elle avait atterri dans le couvent où elle est restée jusqu’à la fin de la guerre. Elle est arrivée ici en 1952.”

“Ce que ces gens ont pu voir. C’est tout simplement terrible.” Elle semblait avoir oublié que moi aussi, j’en avais vu, des choses.

“Vous êtes née en Israël ?” lui ai-je demandé, malgré ce que révélait son très fort accent allemand – ma manière de lui rappeler que nous étions tous des déracinés, même elle, dans ce pays.

“Moi ? Non, je suis née à Francfort, mais mes parents ont quitté l’Allemagne en 1934. On est arrivés ici et depuis, on vit ici, dans cette chaleur.” J’avais remarqué qu’elle portait un chemisier sans forme, avec un grand col en soie.

“Bon, dites-lui que son dossier est complet et qu’elle recevra une lettre à son domicile. Si sa demande est acceptée, on la transmettra à qui de droit. Demandez-lui aussi si elle a de la famille ici, un mari, des enfants.”

Mais Rivka reprit une nouvelle fois, comme si on n’était que tous les deux dans le bureau, dans le monde : “Et c’est cette nuit-là, après avoir jeté dehors l’imbécile qui saignait du nez, que je me suis échappée. J’ai soudain eu comme un pressentiment, je me suis souvenue d’Agatha et j’ai passé la tête par la porte du baraquement. À quelques mètres de moi, je l’ai vue, vêtue en civil, elle tenait une torche et avançait de manière bizarre. Elle a regardé dans ma direction et moi, sans comprendre vraiment ce que je faisais, je suis sortie simplement et je l'ai rejointe. Elle n'a rien dit, m'a juste tendu la main et toutes les deux ensemble, avec sa torche, on est sorties du camp. Il devait être cinq heures du matin, un peu avant l'appel. Quand l'aube est montée, j'étais en train de courir comme une folle dans la forêt, juste courir. Agatha ? Je ne sais pas où elle est, nos routes se sont presque aussitôt séparées. Elle courait moins vite que moi, je me suis éloignée de plus en plus et elle a disparu."

"Elle dit qu'elle n'a pas de famille, qu'elle vit seule à Tel-Aviv. Dans le sud de Tel-Aviv." Je n'en étais plus à un mensonge près... et je me doutais que si elle était seule, elle recevrait davantage d'argent.

"J'espère que vous avez vraiment traduit ce qu'elle a raconté", me lança Frida.

Je suis sorti de son bureau épuisé. Yaël n'était pas dans la salle d'attente, et j'ai eu une bouffée d'angoisse, comme s'il pouvait lui être arrivé quelque chose. Par chance, elle réapparut aussitôt, un verre d'eau à la main : "Tiens, tu dois avoir soif."

La traduction m'avait effectivement déshydraté, ma langue me râclait le palais à chaque déglutition.

"Je ne veux pas rester ici. S'il te plaît, viens, tirons-nous."

Elle planta ses yeux dans les miens.

"Numéro deux-cent-trente-et-un ?"

C'était moi qu'on appelait et je me suis mis à trembler de tous mes membres.

"C'est toi, Haïm. Tu ne veux pas y aller ?" Yaël s'approcha tout près de moi.

“Je n’y vais pas et je ne parle plus de rien à personne”, lui chuchotai-je.

“Deux-cent-trente-et-un ?” Frida me dévisagea, espérant que j’avais ce numéro, mais j’étais arrivé à saturation, aucune envie de remettre ça et de me retrouver dans son bureau à inventer un nouveau baratin. Ayant obtenu des indemnités pour un récit, j’avais peu de chance d’en obtenir une seconde fois pour le même.

“Deux-cent-trente-deux ?” Le couple d’ultra-orthodoxes se leva, l’un soutenant l’autre. Ils laissèrent leur journal sur le banc et entrèrent lentement.

“On va où ?” Yaël prit une gorgée d’eau.

“Marchons un peu... en direction de la mer peut-être ? Je n’ai jamais été à la plage.”

“Quoi ?” Elle manqua de s’étouffer.

“Ça ne m’intéressait pas plus que ça et le temps passe, tu sais...”

“Tu n’as jamais profité de la plage alors que tu vis en Israël depuis plus de quinze ans ?” Elle éclata de ce rire agréable, enfantin, qu’elle avait.

“Je n’en ai pas eu l’occasion. On est très occupés, au kibboutz, comme tu sais.”

“Je te remercie, tu es un charmant garçon.” Du hongrois ondoyant porté par une voix féminine.

“Pas de quoi. Ça m’a fait plaisir de vous aider.” J’ai souri à Rivka.

“Si vous voulez, on peut déjeuner ensemble.”

“Qu’est-ce qu’elle dit ?” Yaël voulait être au parfum.

“Elle m’a remercié pour la traduction. C’est gentil à vous mais non, nous sommes pressés, nous devons aller retrouver des amis en ville.” Je voulais partir au plus vite de cet endroit.

“Bon, eh bien, ce sera pour une prochaine fois. Je te souhaite bonne chance.” Elle baissa les yeux. Comme si elle savait que cette fois, ma traduction mensongère ne lui serait pas favorable. Que cette fois, ça ne plaiderait pas en sa faveur. Qu’elle devrait continuer seule, sortir seule du bâtiment, et monter seule dans le bus.

“Qu’est-ce qu’elle a dit ?”

“Elle nous a souhaité bonne chance.”

“Elle est très sympathique, tu veux qu’on lui propose de venir déjeuner avec nous ? Je ne sais pas, ça me gêne de la laisser en plan, non ?” Tiens, soudain, tout le monde se mettait à comprendre le hongrois.

“Non, il ne vaut mieux pas, elle a sûrement encore des tas de choses à régler.”

Cette femme me faisait peur. D’une gentille mamie tricoteuse, elle était devenue en quelques minutes une bête sauvage. Je m’étais souvent demandé ce qui était pire : croiser dans la rue un officier nazi du camp ou le kapo de son block ?

“J’ai un peu mal à la tête”, ai-je prétexté en reprenant une gorgée d’eau.

Au sortir de l’office gouvernemental, nous nous sommes retrouvés sur une place blanche, sous un soleil ardent. Les rues étaient remplies de gens déguisés, un cowboy de six ans pointa vers moi son pistolet à pétards. La chaleur était carrément insupportable, surtout après le froid de la veille et ça venait de partout, du ciel comme du sol, phénomène plutôt rare au mois de mars. Chaque respiration nous enflammait les poumons. On se tenait par la main, Yaël et moi, ravis de nous retrouver enfin seuls. On a mis le cap vers la mer. Elle ne me demanda pas ce qui s'était passé dans le bureau, ni pourquoi j'avais décidé de renoncer à monter un dossier. Elle voulut juste savoir si j'avais envie d'assister au carnaval, mais je lui dis que je préférais aller à la plage. On a pris l'avenue Rothschild puis on a tourné à droite et descendu Allenby jusqu'au bout. C'est là que je l'ai vue, vaste et bleue. Un souffle frais nous a caressé le visage, merveilleux instant de répit au milieu de cette fournaise. Je transpirais, Yaël aussi. On a même fini par se lâcher les mains tant le contact devenait glissant et désagréable. Il était quatre heures et quelques, la rue s'acheva et nous déposa sur la promenade de la plage. On a ôté nos chaussures et on s'est élancés sur le sable, comme des gamins.

Une flaque d'ombre qui se cachait sous un petit arbre fit office, pour nous et quelques chats, de refuge provisoire. On s'est vite déshabillés et jetés à l'eau en sous-vêtements. La mer était tiède mais rafraîchissante en comparaison de la touffeur ambiante. Yaël s'est aussitôt mise à nager vers le large, moi, prudent, je suis resté là où j'avais pied.

"Viens ! Quoi, tu ne sais vraiment pas nager ?" me lança-t-elle de loin.

"Non, et je préfère me contenter d'une profondeur où je peux encore me tenir debout."

Elle se tourna, disparut dans les fonds marins pour resurgir une minute plus tard, tout contre moi, et s'accrocher à mes épaules. Je découvris alors qu'elle n'avait plus de jambes, elle était devenue sirène. Une queue de poisson kaki remontait jusqu'à sa taille. La moitié supérieure de son corps était la même, il y avait juste quelque chose de changé dans son regard.

"Tiens-toi à moi."

Je me suis plaqué à elle et, tandis qu'on s'embrassait, j'ai senti ses nageoires me caresser les cuisses. Elle a glissé une main dans mon slip, elle voulait toujours qu'on fasse l'amour quand c'était impossible.

"Arrête, franchement, il y a des gens autour de nous." Mais j'ai, moi aussi, glissé la main pour lui caresser les fesses. Je les ai trouvées râpeuses à cause des écailles, ce qui, étonnamment, s'est révélé plutôt agréable, même si ma paume a très vite rougi.

"Je ne vois personne par ici. Il n'y a que nous et les chats." Elle commença à me masturber.

"Si, il y a quelqu'un… peut-être…" Mon plaisir était tellement intense que je pouvais à peine parler.

"Peut-être quoi ?" Elle me fixait droit dans les yeux et continuait.

"Peut-être…" J'éjaculai dans un orgasme de dingue, elle me serra fort et gémit dans mon oreille.

"Au prochain tour, ce sera moi." Elle éclata de rire et replongea vers les fonds marins.

Cette fois, elle ne remonta pas si vite que ça. Au bout de deux minutes, je commençai à m'inquiéter.

"Je suis là, viens, tu me rejoins ?" Elle était allongée sur le sable mouillé, juste derrière moi.

"Quand est-ce que tu es sortie ? Comment ai-je pu ne pas te voir ?"

“Tu es apparemment encore sous l’effet de mon charme.” Elle sourit et ses yeux marron foncé lancèrent des éclats jusque dans le vert de mes iris. “Ne t’en fais pas trop pour cette histoire d’indemnités. Entre nous, la moitié du budget du kibboutz part de toute façon en putes que Hézi se paye chaque fois qu’il est en déplacement par ici.” Elle me fixa longuement pour s’assurer si j’avais bien compris. Je hochai la tête avec un demi-sourire.

On est restés assis au bord de l’eau, à contempler la mer, à écouter le ressac et à suivre le soleil qui baissait à vue d’œil. Lorsqu’il se posa sur la ligne d’horizon, il avait encore la forme d’un cercle orange entier, puis lentement, une tranche disparut, puis une autre jusqu’à ce qu’il ne soit plus qu’une petite bande, laquelle disparut, elle aussi, en quelques secondes. J’ai raconté à Yaël qu’un jour, mon père avait dit que si nous admirions autant la beauté du couchant, c’était uniquement parce que nous savions que le lendemain, le soleil se lèverait. Cette réflexion ne l’a pas du tout impressionnée, elle a répliqué que c’était une vision très pessimiste et que, pour elle, le coucher et le lever du soleil n’étaient pas deux processus différents, mais un seul.

“Malgré tout, je n’aime pas vraiment la ville. On est mieux chez nous, au kibboutz, non ?” Elle agita sa queue de poisson mouillée.

“Moi, j’aime Tel-Aviv, je pense que je voudrais y habiter à un moment. Mais oui, chez nous, au kibboutz, c’est bien aussi.”

“Je me souviens encore du jour de votre arrivée. Je suis passée devant vos matelas avec ma sœur pour vous distribuer des sachets avec une brosse à dents et des trucs pour la nuit.”

“C’était donc toi ?” J’ai souri en continuant à regarder le ciel.

On s’est embrassés longuement puis on est allés s’asseoir sous l’arbre qui ne nous était plus d’aucune utilité mais donnait tout de même une sensation de maison. Ce jour-là marqua un tournant important dans notre relation.

“Alors on fait quoi maintenant ?” Je pouvais à peine parler tant mes muscles étaient relâchés.

“On peut rentrer à la pension de famille ou bien… je ne sais pas, aller à un spectacle dans le coin ? Comme c’est Pourim, il y a pas mal de choses ce soir.”

“Ça nous ferait du bien de rire un peu, non ?”

“Allons voir ce qui est proposé.”

On s’est vite rhabillés et on est remontés de la plage dans la rue haYarkon. Yaël marchait pieds nus, moi, j’avais remis mes chaussures. J’ai toujours admiré son rapport au sol. Ses pieds s’étalaient dans toute leur largeur, elle était petite et légère, mais il y avait quelque chose dans ses pas qui semblait s’accoupler avec la terre.

“Ça, ça me paraît génial, qu’est-ce que tu en dis ? Un clown !”

“Je n’ai rien contre, mais c’est plutôt destiné aux enfants, non ?”

“Là, ils ont écrit que spécialement à l’occasion de Pourim, ils proposaient un spectacle de clowns pour adultes.” Elle me tira par la main et courut vers la caisse. L’homme qui nous vendit les billets portait un T-shirt noir à manches courtes et ses bras étaient tellement poilus qu'on les aurait dits n'être que le prolongement du tissu qui aurait pénétré sous sa peau.

"Venez, charmants tourtereaux, ça va bientôt commencer", nous dit-il lentement.

À peine entrés, on s'est mis à rire. Ils avaient monté un chapiteau à l'intérieur de la salle de spectacle, certes pas très grand, il y avait à peu près trois cents places, mais ça mettait d'emblée dans l'ambiance.

Il ne restait que quelques sièges libres tant il y avait du monde. Soudain, le clown fit son apparition. C'était un clown classique, avec un nez rouge et des chapeaux ridicules sur la tête.

Il commença son numéro en silence, parfait, très drôle, uniquement par des gestes et des actions, sans le moindre mot. De la pantomime. Tout se passa à la perfection jusqu'à ce que soudain on entende un cri venant d'un des derniers rangs. Je pense que c'était en haut, à ma droite, qu'un homme chauve s'écria : "Vous allez voir, maintenant, il va le sortir par le nez !"

Notre clown parut très étonné. Sans cacher sa contrariété, il demanda du regard à un autre clown qui se tenait au bout de la scène d'aller régler le problème, tandis qu'il poursuivait son numéro en prenant un chien qu'il fit entrer dans une boîte en carton et coupa en deux.

"Ne vous inquiétez pas, il n'y a rien là-dedans, le toutou va très bien !" s'écria à présent le chauve.

"Il est en train de lui gâcher tous ses effets ! Je te parie que ça va se terminer par des coups", chuchotai-je à Yaël.

“Arrête, Haïm, ça fait partie du spectacle, c’est évident.”

“Ne dis pas de bêtises, regarde-le.” Notre clown me paraissait désemparé.

“Monsieur, cessez d’intervenir, s’il vous plaît !” Un des membres de l’équipe interpella le perturbateur, sous les rires du public qui semblait beaucoup apprécier.

“Vous la connaissez, celle-là ? Un médecin entre…” enchaîna le clown, mais il fut de nouveau interrompu.

“Pas drôle, ta blague ! Tu ne peux pas raconter tous les soirs la même idiotie.” L’autre continuait, imperturbable.

“Monsieur, je vous prie de la fermer !” Mon coup de gueule fut grandement applaudi.

“Arrête, Haïm !” Yaël essaya de me calmer mais j’étais hors de moi.

“Regarde ce qu’ils lui font. Ils bousillent tout.” Je m’étais apparemment levé, car elle m’attrapa le bras et me rassit violemment à côté d’elle.

“Bon, tout va bien, essayons de reprendre sereinement le spectacle.” Le clown sourit dans ma direction.

“Il lui gâche tout son numéro”, ai-je à nouveau chuchoté.

“Mais non, ça en fait partie. Tout est prévu, alors tu arrêtes maintenant.”

J’avais la respiration de plus en plus saccadée et je n’arrivais pas à la dompter.

“Voilà encore un truc débile. Faudrait que tu te renouvelles un peu, non ?” Le chauve continuait à crier et le public à rire.

Quant au pauvre clown, il restait là-bas les bras ballants, incapable de réagir, privé des chutes de ses bonnes blagues.

“Je viens vous casser la figure !” lançai-je alors au chauve.

“Arrête, Haïm ! Sortons.”

Je vis que Yaël était embarrassée mais je ne comprenais pas pourquoi.

“Monsieur, s’il vous plaît, asseyez-vous ! Nous voulons continuer le spectacle.” C’est à moi que le metteur en scène s’adressait. Le public applaudit de plus belle.

“Yaël, laisse-moi !” Sans le faire exprès, je la repoussai si fort qu’elle fut projetée sur la chaise et se cogna violemment le genou.

“Franchement, qu’est-ce qui vous arrive ? Vous êtes tombé sur la tête ou quoi ? Sortez-les !” râla un spectateur aussitôt rejoint par de nombreux autres.

“Excuse-moi, Yaël, viens.” Je la soulevai, la pris dans mes bras et c’est ainsi qu’on sortit de la salle.

On s’éloigna de là, main dans la main, mais elle me tenait d’une manière différente. J’avais un peu mal au bras et je n’arrivais toujours pas à reprendre mon souffle. On ne s’est arrêtés que devant la porte de notre pension de famille.

“Tu n’as pas à t’inquiéter, on réglera cette histoire d’indemnités”, me dit-elle.

11

Le lendemain, en arrivant au kibboutz, je sentis un climat très tendu autour de moi. Comme s'ils savaient déjà, oui, comme s'ils avaient déjà eu vent de ce qui s'était passé. La pelouse était grise, les arbres noirs, les murs de notre maisonnette s'écaillaient. Nous étions pourtant descendus du bus souriants, le trajet avait été calme, certes long, mais calme. En comparaison, le kibboutz ressemblait à un ventre de baleine. Tandis que nous avancions sous un ciel serein le long de l'allée de pins, je louchai vers Yaël. Me revint soudain la manière dont nous nous étions rencontrés. Myriam était en fait à l'origine de toute cette histoire d'amour.

Je me revois assis dans son salon, face à elle : “Tu verras que finalement ça n'aboutira pas, le kibboutz ne se scindera pas et les esprits s'apaiseront.”

“Ça fait plus de cinq ans que nous sommes en Israël. On n'a pas d'autre endroit. Où voudraient-ils nous envoyer ?”

Je n'étais pas certain d'avoir saisi les choses correctement, la vérité, c'est que je n'allais pas aux assemblés générales du kibboutz et que leurs débats politiques ne m'intéressaient pas. Ce que j'avais plus ou moins compris cependant, c'était qu'au terme de nombreux désaccords, un nouveau parti avait été créé, le Mapam, plus à gauche et censé écraser les socialistes du Mapaï, ce que ces derniers avaient très mal pris. Au cours d'une réunion houleuse, ils avaient essayé de faire valider une scission du kibboutz : tous les biens et les entreprises, tous les logements, le réfectoire et le secrétariat, tout devrait être partagé en deux. Yaël, une des cadres du Mapaï, exigeait à grands cris de séparer immédiatement les enfants afin que ceux de son camp ne deviennent pas des tarés de communistes.

"À mon avis, tu devrais aller la voir, la manière dont on lui est tombé dessus, ce n'est vraiment pas bien", insista Myriam.

"Je ne sais pas. Je n'y comprends rien et c'est une grande fille."

"Va quand même lui parler. En tête à tête, les gens sont différents."

"À quoi bon ? Je la verrai à l'assemblée générale exceptionnelle de demain soir."

"Mais ça ne changera rien, j'en suis certaine. Ici, tout restera comme avant. Dis-lui que tu sais que c'est une question politique et pas personnelle. Sûr qu'elle est très blessée, et toi, tu sais jouer de ton charme quand tu veux."

Elle chercha du bout des doigts son verre de café, je déposai un baiser sur sa joue et me rendis chez Yaël, qui vivait à l'orée du kibboutz, au bord du wadi. En passant sur le chemin, je vis des chats qui faisaient leur toilette à coups de langue, absolument pas dérangés par mes pas qui s'approchaient. Je me souvins de ceux qui se doraient la pilule devant l'immeuble de mes parents, que sont-ils devenus ? me demandai-je soudain. Lequel aura survécu à la guerre ? Lequel aura laissé des descendants ?

"Pardon, je me douchais et je n'ai pas entendu frapper." Ses cheveux mouillés et la serviette autour de son corps étaient autrement plus convaincants que ses arguments politiques.

"Pas de problème, comme j'ai vu de la lumière, j'ai attendu un peu avant de refrapper." Debout face à elle, je remuai d'un pied sur l'autre, de droite à gauche.

"Tu veux entrer ? Laisse-moi juste un instant pour m'habiller."

Je me suis avancé à l'intérieur, c'était très joliment agencé, petit mais très pratique. Ses pieds mouillés scintillaient, au-dessus il y avait la serviette bien tendue autour de ses formes. Dieu ordonnera à la bénédiction d'être dans tes caches, me suis-je récité, sauf que ce qui était caché là me rendait dingue. Dès qu'elle revint, je me mis à parler de la réunion de la veille. Je pense qu'elle a très vite compris que je n'étais pas au fait des tenants et des aboutissants du problème. La vérité – ils pouvaient décider ce qu'ils voulaient, moi, je restais avec Myriam. J'ai vu que ça ne l'intéressait pas vraiment. En revanche, elle ne cessait de me dévisager de ses yeux sombres et dénudés.

"Laisse tomber. J'ai l'impression qu'on se débrouillera très bien sans idéologie."

Quel tact !

"C'est vrai. Ce sera mieux." J'ai un peu traîné sur le "eu" tout en plongeant mon regard dans le sien.

“Drôlement mignon, ton regard. Il me plaît bien.”

Je l’ai embrassée sur la bouche, intérieurement.

“Tu veux dormir ici ce soir ?” Aussi rapide qu’une petite souris.

“Ça se pourrait, oui.” J’avais pris une seconde de trop pour répondre tant j’étais abasourdi.

Elle a aussitôt rebondi, les yeux baissés : “Au fond, oui, mieux vaut qu’on ne dorme pas ensemble.” Elle fixa le sol.

“Sinon, qu’est-ce qu’on racontera à nos enfants ? Que papa et maman ont couché ensemble dès le premier jour ?”

On a ri de bon cœur.

“Pas si vite, papillon ! Quelqu’un a accepté de t’épouser ?” Que je n’aille pas croire qu’elle était née de la dernière pluie.

“Qui parle de mariage ? Vivre ensemble, ça suffit amplement.”

“Alors on se voit demain à l’assemblée générale ?”

“Ah, oui, bien sûr.” Je n’avais pas l’intention d’y aller, à cette réunion, mais une serviette de bain suggestive peut soudain terriblement t’éveiller à la politique.

Le lendemain, nous nous sommes donc recroisés à cette occasion. Les esprits s’échauffèrent encore plus que lors de la première discussion.

“Je ne pense pas que nous ayons terminé. Il y a encore beaucoup de points à débattre. Ce n’est pas comme ça qu’on prend des décisions d’une telle importance !” lança Yaël.

“Shimon, tu vois bien qu’on a la majorité alors pourquoi tu t’entêtes ? Ça suffit. Vous êtes tous pareils, la démocratie, vous l'invoquez uniquement quand elle vous arrange." Yoské, le vacher du kibboutz, se leva de sa chaise.

"Ce n'est pas une question de démocratie, c'est de la bêtise. Le kibboutz doit rester uni. Que ceux qui veulent partir partent, c'est une mode, tout ça, qui passera aussi vite qu'elle est venue et il n'y aura que nous qui en ressortirons niqués", ai-je chuchoté à Yaël.

"Camarades, je pense qu'il est temps de clore la séance. Il y a une majorité claire en faveur de cette décision. Je déclare donc par la présente que dès demain, selon les indications du comité directeur, nous allons entamer les démarches pour une scission du kibboutz en bonne et due forme." Ben Gad, notre secrétaire général, ouvrit le bouton du col de sa chemise et continua : "C'est un jour pénible, mais je suis persuadé qu'on arrivera à surmonter cette épreuve-là aussi. Mieux vaut deux kibboutz en paix qu'un kibboutz en guerre. Nous ne savons pas à quoi tout cela mènera, mais nous ferons ce qui est en notre pouvoir pour éviter la violence et les débordements. Si quelqu'un n'est pas content, il n'a qu'à aller vivre en ville. Ici, c'est comme ça que les choses se décident."

Je retombai sur ma chaise, épuisé, et lançai un coup d'œil vers Yaël, assise à ma droite, à quelques chaises de distance. Maintenant que la décision était prise, je la sentis soudain beaucoup moins sûre d'elle et ses yeux étaient empreints d'une grande tristesse. Comme si nous avions tous les deux compris que les choses ne seraient plus jamais comme avant ou, pire encore, que les choses n'avaient jamais été ce que nous avions cru qu'elles étaient.

“Nous avons mis en place un système complexe de petits rabbins laïcs qui se servent de nous selon leurs intérêts politiques.”

Après l'assemblée, nous étions allés nous asseoir avec Myriam dans son jardinet.

“Qu'est-ce qu'on va faire, maintenant ? Je serai sans doute obligée d'aller habiter dans l'autre kibboutz, tu sais, celui du Mapaï.” Elle repoussa un cheveu qui la dérangeait.

“Et si on se mariait ? Ça éliminerait tous les problèmes et on pourrait vivre ensemble.” Ce fut la première idée qui me vint à l'esprit.

“Haïm, de quoi tu parles ? Laisse la petite tranquille.” Myriam rit du bout des doigts. Les aveugles ont l'ouïe très fine, c'est bien connu.

“D'accord. Tu accepterais que je vive ici avec toi ?” Yaël me serra la main très fort.

“Crois-moi, si tu veux une belle vie conjugale, mieux vaudrait qu'il vive ici et toi là-bas.” Notre prophète rit à nouveau, cette fois de bon cœur.

Le jour de notre retour de Tel-Aviv, nous sommes allés directement à une nouvelle assemblée générale du kibboutz. Au début, les discussions étaient encore sérieuses et efficaces, mais lorsque, vers la fin, je confirmai avoir renoncé à mes indemnités, je déclenchai un tollé. C'était tout de même une assez grosse somme d'argent, et à cette époque, on avait besoin de chaque sou vaillant. Certains camarades eurent des propos très durs envers moi, si j'étais incapable de me bouger le cul pour déposer un dossier, eh bien, ils estimaient ne pas pouvoir me garder. Yaël prit ma défense, mais eux, tous nés en Israël, ne comprenaient rien à rien. Ils crièrent que les Allemands méritaient bien de débourser un peu d'argent. Que ça ne leur ferait pas de mal. Je n'ai pas répondu et même, j'avoue que je n'étais pas du tout énervé, ce qui ne me ressemble pas. Je me suis contenté de les observer en souriant. Yaël a rétorqué en les traitant de jaloux, ce qui en a rendu certains plus furieux encore.

"Pour qui tu te prends, d'avoir le culot de nous qualifier de jaloux ! Ici, en Israël, on a travaillé dur et on en a chié au moins autant."

"Hézi, de quoi tu parles ?" s'écria alors Yehouda, qui, lui aussi, avait immigré d'Europe.

"Vous pensez avoir été les seuls à souffrir ? Ma grand-mère a attrapé la tuberculose dans la vallée de Houla, elle en est morte, alors quoi, elle n'a pas souffert ? Qu'est-ce que vous croyez ? Est-ce que quelqu'un propose de m'indemniser pour ça ? Alors démerdez-vous pour apporter de l'argent au kibboutz, tous autant que vous êtes, quel toupet !" Impossible de le stopper, ce Hézi.

Yaël me proposa de quitter la réunion.

"Non, je veux écouter."

Elle s'arrêta net et lança à la cantonade : "Je ne comprends pas, vous voulez maintenant qu'on vous plaigne ? Ah oui, pardon, travailler dans les champs, c'est exactement comme avoir passé trois ans à Auschwitz, n'est-ce pas ?"

Je ne la reconnaissais pas, elle était comme un oiseau qui continuait à défendre son nid détruit.

"Personne ne compare, Yaël, mais nous n'acceptons pas ceux qui font la fine bouche. L'argent des

Allemands n'est pas assez bien pour Monsieur ? Pourtant, d'après ce que disent les journaux, son père, lui, n'a eu aucun problème pour le leur prendre."

"Ce n'est que parce que Myriam est présente que je ne vais pas évoquer la manière dont tu dépenses le budget qu'on t'alloue chaque fois que tu te rends à Tel-Aviv." J'avais lâché ces mots comme si de rien n'était.

Yaël m'a aussitôt transpercé d'un regard affolé.

"Qu'est-ce que tu insinues ? Tu devrais avoir honte." Hézi se leva de sa chaise.

Il s'approcha et moi, qui le dépassais d'une tête, je me levai d'un bond. Juste avant que son poing ne m'atteigne, j'eus le temps de le repousser, il tomba à la renverse, je m'assis sur lui et commençai à cogner sa tête contre le sol. Une fois, encore une fois, et encore une fois. Il crachait du sang, mais personne ne parvint à m'arrêter. Jusqu'à ce que, soudain, ce fut comme si je me réveillais. Je vis Yaël accroupie face à moi, elle me criait quelque chose, je n'entendais pas sa voix mais je voyais sa bouche qui remuait. Je me relevai aussitôt et l'attrapai par la main : "Viens, on rentre à la maison."

On s'est serrés très fort dans les bras l'un de l'autre, elle n'arrivait pas à endiguer ses larmes. Elle était déjà enceinte, je le savais. A posteriori, je crois que c'est ce soir-là qu'elle a contracté sa foutue maladie. J'en suis certain parce qu'une immense béance s'est ouverte dans son ventre.

Hézi est resté dans le coma pendant des semaines et quand il s'est réveillé, il est revenu au kibboutz. Le secrétariat général avait décidé de ne pas porter plainte contre moi. Ils ne voulaient sans doute pas ébruiter l'affaire, de crainte qu'ensuite ils ne passent pour des insensibles qui martyrisaient leurs rescapés. Peu de temps après cet épisode, je partis et louai un appartement à Tel-Aviv. Un soir, je fus à nouveau confronté à Hézi et à sa tête en sang. Yaël était en fin de grossesse et moi, ce soir-là, je suis sorti de la bibliothèque où je travaillais et m'apprêtais à rentrer chez moi. En chemin, je suis passé devant le café du quartier et j'ai décidé de prendre un verre. Il y avait peu de monde à l'intérieur, quelques consommateurs assis au bar et deux filles qui discutaient entre elles, en compagnie de deux hommes au regard vague. Je me suis installé au comptoir. Après une bière et un whisky, je suis allé aux toilettes et, en passant, j'ai heurté la serveuse sans faire exprès. Son plateau est tombé.

"Une chance qu'il n'y avait rien dessus", me dit-elle en se penchant pour le ramasser. Elle leva la tête vers moi.

"Vous avez de beaux yeux", répondis-je.

Je retournai m'asseoir, commandai un autre verre et entamai la conversation avec elle. À la fin de son service, il n'y avait plus que nous deux au comptoir. Elle ne ressemblait pas du tout à Yaël. Elle était un peu plus grande et rousse.

"J'habite tout à côté", suggéra-t-elle en indiquant la porte.

Comme il était trois heures du matin et que je devais me lever à sept heures pour faire l'ouverture de la bibliothèque, je déclinai son offre, peut-être une autre fois, et me mis en route pour rentrer. Soudain, elle passa à côté de moi sur son vélo.

"Tu habites où ? C'est loin ?"

"Non, tout près". Je souris.

"Et tu n'as pas peur de marcher seul, comme ça, en pleine nuit ?"

"Tu veux me raccompagner chez moi ?" Soudain, je sentis le poids de ma solitude.

Elle mit pied à terre et m'emboîta le pas.

"Dis-moi au moins comment tu t'appelles." J'attachai sa bicyclette en bas de mon immeuble.

"Margalit."

On monta tous les deux chez moi et on entama aussitôt les préliminaires avec un peu d'agressivité dans les gestes. Elle avait des bras effilés mais s'accrochait assez violemment à moi, quelque chose dans son regard était fuyant même si elle gardait les yeux fermés la plupart du temps. Après l'avoir déshabillée, je la poussai sur le lit, la retournai sur le ventre et m'allongeai sur elle. Là, je sentis que quelque chose clochait, comme si son corps la mettait mal à l'aise, qu'elle était gênée. D'ailleurs, au bout de quelques minutes, elle se décala un peu vers moi, rouvrit soudain les yeux et dit avec un sourire : "J'ai l'impression que je dois faire un tour aux toilettes."

"Aucun problème, je t'attends."

Yaël aussi se relevait souvent pour la même raison… sauf qu'au moment où Margalit s'écarta et que, dos tourné, elle se dirigeait vers les toilettes, je découvris, en baissant les yeux, que j'étais allongé dans du sang. Mon sexe aussi en était couvert et il y en avait sur le drap tout autour. C'est alors que le regard de Hézi blessé me revint subitement à l'esprit. L'homme était là, sur le lit, la tête plaquée à ma queue, oui, allongé là, et il me fixait. Pas un rêve, plutôt une hallucination. J'avais beau savoir que ce n'était pas réel, une immense peur me submergea et j'eus du mal à respirer. Ce fut le bruit de la chasse d'eau qui me sauva. Margalit était de retour à mes côtés.

"*Oye*, je suis désolée. Je pensais que mes règles étaient terminées, mais..." s'excusa-t-elle, embarrassée.

"Ne t'inquiète pas, ça arrive."

Un étrange silence s'instaura : nous ne nous connaissions pas et avions juste eu envie de coucher avec quelqu'un pour une demi-heure puis de nous séparer et d'aller dormir chacun de son côté, or voilà qu'on se retrouvait ensemble comme mari et femme. J'ai pensé à ma femme, restée au kibboutz, avec un bébé dans le ventre. Mon bébé. Je ne savais pas encore si c'était un garçon ou une fille mais je penchais plutôt pour un garçon.

"Si c'est un garçon, on l'appellera Yossef", marmonnai-je pour moi-même, dans un éclat de rire.

"Quoi ? Je n'ai pas compris ce que tu as dit."

"Laisse tomber, c'est sans intérêt."

"Bon, je rentre chez moi." Margalit plaqua ses lèvres contre les miennes. "Bonne nuit. Tu n'es pas traumatisé, au moins ?"

12

La grossesse fut une période difficile. En fait, jusqu'à la naissance de Sharon, Yaël et moi ne nous sommes vus que très peu. Au début, elle venait de temps en temps à Tel-Aviv, mais ensuite, elle n'en eut plus la force et je ne fis que quelques incursions discrètes au kibboutz. Le jour J, j'eus beau foncer dès l'instant où je reçus l'appel me disant qu'elle était en route pour la clinique, je loupai le moment de l'accouchement et n'arrivai que quelques heures plus tard. On ne me laissa pas tout de suite voir Sharon mais je pus entrer dans la chambre de ma femme. Rayonnante, elle paraissait être la personne dotée de la meilleure santé au monde. La maladie qui la consumait déjà s'était mise en retrait pour un ou deux jours, tel un vieil acteur qui libère la scène à l'étoile montante et éphémère du moment, sachant qu'il reviendrait. Dès qu'elle me vit, elle éclata en sanglots. Je la pris dans mes bras et la serrai très fort contre moi. Quelques minutes plus tard, une infirmière m'apporta ma fille, un bébé lumineux, mais alors me traversa l'esprit une pensée que je n'oublierai jamais – oui, à cet instant, je me dis que j'étais prêt à renoncer à cette petite merveille si jamais je devais choisir entre elle et sa mère. Je n'aurais pas dû faire d'enfant, mon père avait raison. L'odeur d'urine qui avait suivi son témoignage au procès envahit soudain mes narines si violemment que c'en fut insupportable. Je courus vomir aux toilettes. De dehors, l'infirmière s'inquiéta : "Monsieur, ça va ?"

"Haïm ? Qu'est-ce qui t'arrive ?" cria Yaël sans quitter son lit.

"Oui, ça va, juste une minute. J'ai été pris d'une nausée subite."

De plus en plus fréquents, les vomissements de ma femme, ajoutés aux pleurs de Sharon, nous tenaient éveillés des nuits entières : les temps de répit étaient si courts que ça ne valait même pas la peine de s'assoupir.

"Tu penses vraiment qu'on doit la faire dormir avec nous ? Ce ne serait pas mieux de la coucher dans une autre pièce ?" Nous étions sortis de la clinique et rentrés au kibboutz.

"Pourquoi ? Plus elle est près, moins ce sera difficile pour moi de me lever."

Il était déjà évident que notre logement était trop exigu pour trois personnes.

"Justement, ça lui permettrait de comprendre qu'on ne se précipite pas dès qu'elle couine. Sinon, elle va devenir capricieuse. En plus, dans quelques semaines, elle dormira de toute façon dans la nurserie avec les autres bébés."

"Elle n'a que trois jours, il me semble qu'on peut attendre avant de s'inquiéter de son mauvais caractère."

"Bon, si elle devient insupportable, on la ramène, d'accord ? Tu l'as achetée où, déjà ?"

"Toi et tes blagues ! Eh bien, non. On ne peut plus rien ramener. Elle est à toi pour toujours." Yaël donnait à manger à Sharon en souriant, mais je notai qu'elle avait dit "à toi pour toujours", et pas "à nous".

"Est-ce que je t'ai déjà raconté que mon père et moi avons un jour sauvé deux rouleaux de la Torah d'une synagogue abandonnée ?" Je me suis assis sur le tapis à côté de mes deux femmes, et j'ai calé mon dos contre l'armoire.

"Arrête ! Tu n'es pas obligé d'inventer des histoires, franchement !"

"Mais c'est vrai, je te jure." J'ai souri et esquissé un signe de croix en l'air, ça l'a fait rire.

"Écoute bien. C'était un matin, très tôt. Je devais avoir dix ans. On est sortis pour essayer de dégoter un peu de nourriture. Il nous restait quelques objets de valeur à troquer, et malgré les circonstances, on trouvait encore des denrées alimentaires au marché noir, pas loin de chez nous. Quand on est arrivés dans la rue de la synagogue, mon père a eu envie d'entrer pour dire bonjour. Mais on n'a trouvé personne à l'intérieur. Alors par peur qu'un danger ne guette les rouleaux de la communauté, on en a ramené deux à la maison."

"Ta mère a dû être perplexe."

"Oui, on l'était tous. Qu'est-ce qu'on fait avec deux Torah chez soi ? Où les met-on ? Tu imagines bien que ce n'est pas une mince affaire." Le bébé avait terminé de manger et on est restés tous les trois simplement assis sur le tapis.

“C’est une des histoires les plus extravagantes que j’aie jamais entendues, tu sais ?” Elle avait des yeux intelligents, c’était très attirant.

“Et rien que de les ramener à la maison, ça n’a pas été facile. En chemin, des gens ont essayé de nous les piquer, mais mon père, qui était un courageux pirate, a frappé tous ces voleurs et les a fait fuir.”

“*Oye*, tu as vraiment l’esprit tordu ! Quoi, tu as tout inventé ? Tu es vraiment trop con !”

“Tu veux entendre la suite ou pas ? Je peux aussi bien aller dormir.”

Du geste, elle m’a engagé à continuer.

“On est ressortis de la synagogue, on a commencé à marcher calmement, pas trop vite, pour ne pas attirer l’attention inutilement. Sache que ce n’était pas évident. À quelques centaines de mètres de la maison, un type s’est tout à coup approché de nous, un certain Miklós, entouré de plusieurs gars de sa bande. Je me suis figé sur place, on savait tous qui était ce Miklós, et surtout ce qu’il était capable de t’infliger rien qu’avec une seule de ses mains. Il a lancé à mon père : ‘Eh ben, Yossef, c’est quoi, ces rouleaux ?’ Moi, je ne l’avais jamais vu de près, j’avais juste entendu les rumeurs qui couraient sur son compte… Comment expliquer qu’il savait le prénom de mon père ? Eh bien, apparemment, ils se connaissaient, parce que mon père avait plutôt l’air serein et quand le gars a commencé à parler de certaines sommes d’argent dues, il l’a tout de suite arrêté, s’est tourné vers moi et m’a demandé d’avancer et de l’attendre à l’entrée de notre rue. J’étais aussi stupéfait qu’effrayé, mais qu'est-ce que je pouvais faire ? On a obéi, moi et ma petite Torah maudite et on s'est dirigés vers la maison."

"Qu'est-ce qui s'est passé après ? Tu ne t'es pas demandé si ton père était peut-être un criminel ?"

"Un criminel ? Qu'est-ce que tu racontes ? Mon père était un héros. Il m'a sauvé. Il nous a tous sauvés."

J'ai senti une bouffée de chaleur me submerger

"Oui, je sais. Je ne parlais pas de ça." Yaël tendit une main vers moi.

"Mon père a été obligé de choisir. En temps de guerre, il y a ceux qui tranchent et ceux qui flanchent."

"Et après, tu as fait quoi ?"

"Je l'ai attendu au coin de notre rue, il est rapidement arrivé, avec son grand rouleau entre les mains. Il m'a fait un clin d'œil et a dit : 'Viens, montons à la maison. Pas un mot à ta mère sur ce Miklós, compris ?' Il avait à peine fini de parler qu'on a croisé notre voisin du dessus. Le type n'a pas manqué de s'étonner en nous voyant avec nos deux paquets.

"Et tu n'as vraiment rien dit à ta mère ?"

"J'avais ce drôle de pressentiment, inexplicable, qu'avec mon père, mieux valait ne jamais discuter. S'il me demandait de ne rien dire, eh bien, je ne dirais rien."

"Et ils sont où, maintenant, ces rouleaux ?" Yaël était très éveillée malgré l'heure tardive.

"Ah... tiens, en voilà un petit bout. On les a découpés... pour sauver ce qu'on a pu." J'ai tiré de mon portefeuille le petit morceau de parchemin que je gardais depuis lors.

Elle l'a examiné avec curiosité : "Où est le reste ?"

"Il doit certainement y avoir des morceaux chez ma mère et on en a rendu une partie à la communauté après la guerre."

"C'est dingue, cette histoire ! Comment se fait-il que tu ne me l'aies jamais racontée ?" Elle coucha Sharon dans son berceau et nous restâmes penchés sur elle, à la contempler.

"Haïm, je peux te demander encore quelque chose ?"

"Non."

13

Après m'être enfui du kibboutz, j'ai fait tout un tas de petits boulots. Un jour, je suis tombé sur l'annonce d'une offre d'emploi dans le journal : l'entreprise Israël-Verrerie cherchait une secrétaire de direction pour son PDG. Je me suis dit que s'ils avaient rédigé leur message au féminin, c'était uniquement parce qu'ils ne croyaient pas qu'un homme veuille remplir ce genre de fonction, mais sans doute seraient-ils très contents de m'embaucher. Je n'avais ni grandes attentes ni grandes exigences. Après un bref entretien avec le directeur, M. Megged, et le responsable des ressources humaines, M. Scheif, je suis rentré chez moi persuadé d'avoir réussi le test. Pourquoi un jeune homme comme moi cherchait-il un travail si peu valorisant, s'étaient-ils étonnés, et je leur avais expliqué qu'étant donné que j'étais célibataire, je n'avais pas beaucoup de frais. De plus, je cherchais un emploi qui me laisserait du temps pour écrire de la poésie, mon activité principale. Bien sûr, j'étais veuf, père d'une petite fille et la poésie ne m'intéressait pas vraiment, mais j'étais d'avis que ça ne les regardait pas. Je me suis fait appeler David Zoltan et j'ai essayé de me construire une nouvelle vie. Une fois embauché, j'ai noté comme adresse dans tous les documents que je remplissais celle du café Eshel, 12, rue Katznelson à Herzliya, situé non loin de l'entreprise. Le travail en lui-même me convenait parfaitement, du secrétariat qui comprenait un peu de dactylographie à l'aveugle (que Myriam m'avait apprise), et bien sûr servir le café avec une tranche de cake, le thé avec une tranche de cake, le café avec biscuits, le thé avec biscottes, etc. Le 5 juin 1967 au matin, M. Megged, un des premiers appelés, fut envoyé au front. Haïm aussi reçut un ordre de mobilisation, mais David Zoltan, lui, était un militant pour la liberté, voire un objecteur de conscience, et de toute façon, il ne reçut aucun ordre de mobilisation. Avant de quitter le bureau ce matin-là, mon patron me prit à part : "David, tu vois, là-haut, c'est ma valise. Je la laisse ici." Il m'indiqua le dernier rayonnage d'une armoire encastrée dans le mur. "Je te la confie jusqu'à mon retour. Garde-la bien."

Ce que je fis. Je ne la touchai pas, malgré ma grande curiosité et lorsque son avis de décès arriva, je fus pris au dépourvu : que faire de cette valise ? Étais-je censé la donner à sa famille ? Ne valait-il pas mieux que je l'ouvre d'abord pour voir ce qu'elle contenait ? En tout état de cause, je décidai de ne pas me précipiter et de réfléchir à toutes les conséquences avant de pénétrer dans l'intimité d'un homme – mort de surcroît – ce qui me semblait très risqué. À peine deux jours plus tard, en arrivant le matin au bureau, je trouvai un inconnu corpulent, au visage porcin, assis dans le fauteuil du patron.

“Bonjour.” J’essayai de sourire.

“Bonjour, vous êtes David, je sais. Je suis le nouveau M. Megged.” Il eut un petit ricanement grassouillet.

Les propos étranges de cet individu me laissèrent perplexe.

“Excusez-moi, c’est mon sens de l’humour. Je ne sais pas quoi faire dans de telles situations. Enfin bref, je suis le nouveau PDG.”

“Et moi, je suis David. L’ancien David.”

Ma réponse l’amusa.

“Écoutez, je n’y connais rien en verrerie. C’est le parti qui m’a nommé ici, vous savez ce que c’est, avant, j’étais l’adjoint d’Elimelekh de l’aéroport. Vous le connaissez ?”

“Moi, je ne suis que *la* secrétaire. Voulez-vous un café ?” Je ne savais pas non plus comment réagir.

“Eh bien, préparez-nous donc du café. Pour tous les deux. On va discuter un peu.”

Je n’aimais pas ce ton cordial, un ton qui, venant de ce genre de personne, me mettait toujours très mal à l’aise.

Au cours de la conversation, agréable et plutôt inattendue qui s’ensuivit, j’appris que M. Shmouel était remarié à une certaine Lea. Qu’il avait trois enfants, le plus grand, Benny, de son premier mariage, et deux issus de son second lit. Il me décrivit aussi l’incroyable désordre qui régnait à l’aéroport depuis la guerre, personne n’arrivait à s’y retrouver, il espérait qu’on n’aurait pas à déplorer d’accidents aériens.

“David, je voulais vous demander, la valise qui est en haut de l’armoire, elle vous appartient ?”

“Elle appartient à M. Megged. Il me l’a confiée jusqu’à son retour, et vous savez ce qui...” J’ai baissé les yeux.

“Et elle contient quoi ?” Il se lécha délicatement la lèvre inférieure.

“Je ne sais pas, je ne l’ai pas ouverte.”

Très intrigué, M. Shmouel déclara qu’il aimait beaucoup les secrets. À la fin de cette conversation, nous reprîmes le travail et je m’efforçai, autant que possible, de le surveiller pour m’assurer qu’il ne touchait pas à la fameuse valise. Je le devais à M. Megged. De plus, si quelqu’un avait le droit de s’en occuper, ça ne pouvait être que moi, le fidèle gardien.

Le lendemain matin, en arrivant au travail comme tous les jours, je trouvai la porte de M. Shmouel fermée. Je frappai doucement et entrai. Le nouveau patron était assis à sa place et, assis en face de lui, j’ai reconnu Schindermann, le plus grand de nos poètes, l’héros de la renaissance de la langue hébraïque, adoré des femmes, adulé des hommes. J’en fus très surpris, je ne m’attendais pas à la présence d’une telle personnalité par un matin ordinaire, dans une usine de verre située à Herzliya.

“Ah, vous voilà ! Sache, Aharon, que notre David écrit lui aussi des poèmes, mais en secret. Oui, ce garçon écrit pour le tiroir et s’est fait embaucher par Megged, bénie soit sa mémoire, comme secrétaire.”

Très embarrassé de cette présentation, je précisai : “Enchanté, je ne suis, bien sûr, pas un poète...

j'essaie juste de gribouiller un peu, à mes heures..." Je me crispai, de crainte de voir mes mensonges éclater au grand jour.

"Ne vous inquiétez pas, jeune homme, je comprends. Au début, on a tous un peu honte, c'est difficile de s'exposer devant tout le monde. Ceci dit, je serai ravi de vous lire à un moment ou à un autre, lorsque vous serez prêt."

"Quel honneur, Davidké ! Allez donc préparer un bon café pour M. Schindermann. Tu sais, Aharon, si ses poèmes sont aussi bons que son café, on est face à un nouveau Bialik."

M. Shmouel était sans doute l'homme le plus répugnant que j'aie connu. Même quand il voulait faire un compliment, il était vulgaire. Comment quelqu'un qui avait autant de classe et était aussi raffiné que M. Schindermann pouvait-il fréquenter un barbare de la sorte ? Quelques minutes plus tard, je suis revenu dans le bureau avec la boisson chaude et le gâteau au miel que j'avais acheté le matin même.

"Je vous en prie, Monsieur Schindermann, tout frais de la boulangerie."

En déposant le café, je vis soudain la valise de M. Megged juste là, au pied du bureau.

"Monsieur Shmouel, vous avez ouvert la valise ?"

Pour cacher ma grande contrariété, je glissai une main dans ma poche et me pinçai – une méthode que ma mère m'avait apprise.

"Non, pas encore, je suis précisément en train de demander à M. Pouète-Pouète ce qu'on doit faire dans une telle situation."

“Je te l’ai déjà dit, Shmouel, cette valise ne t’appartient pas. C’est à David qu’il incombe de décider. Personnellement, je l’aurais ouverte uniquement pour m’assurer qu’il n’y a rien d’illégal à l’intérieur ou, Dieu nous garde, rien qui puisse nuire à la famille de M. Megged, en particulier à son épouse”, minauda Schindermann.

“Bon, dans ce cas...” M. Shmouel ne paraissait pas satisfait. “David, il me semble qu’il est temps. Ouvrez-la.”

Je m’approchai de la valise, la soulevai et la posai sur le bureau, puis j’hésitai : devais-je m’y prendre lentement ou vite ? En temps que poète, n’avais-je pas intérêt à y aller lentement ? Car la scène avait indiscutablement une dimension lyrique, elle était comme sortie d’une pièce de théâtre.

Dedans, nous découvrîmes deux choses : un appareil photo et un petit révolver. Nous contemplâmes tous les trois cet étrange trésor et, dans le silence le plus total, chacun médita sur le sort à lui réserver. Question ardue. Pourquoi M. Megged avait-il eu besoin d’un révolver ?

“Et si la valise ne lui appartenait pas ?” dis-je soudain sans ciller.

“C’est possible. Une tierce personne la lui a peut-être confiée avant que lui-même vous la confie.” Mon nouveau patron commençait-il déjà à s’en laver les mains ?

“C’est un excellent appareil photo, un Leica, très rare ici, en Israël. Je peux demander à Zinger, peut-être saura-t-il quelque chose là-dessus ou pourra-t-il trouver où on l’a acheté, ce qui nous permettrait de remonter à son propriétaire.”

“Je m’en voudrais d’interférer dans votre enquête, mais quoi, je suis le seul ici à voir un révolver ?” reprit M. Shmouel en chuchotant.

“Bien sûr que non. L’arme, on va s’en débarrasser en la jetant dans la mer.” Schindermann avait la tête de quelqu’un qui venait de recevoir dans son escarcelle de quoi écrire plusieurs belles nouvelles et n’avait qu’une seule envie : courir vendre ce précieux matériel à ses amis auteurs.

“Pas si simple. Je veux y réfléchir.” J’ai refermé la valise et je l’ai soulevée de la main droite.

“David, ne faites pas l’idiot. Qu’est-ce que ça change, maintenant ? Personne n’en voudra.”

Je ne savais pas quoi faire mais je commençais sérieusement à m’énerver. De plus, je craignais que cet authentique poète ne découvre mon imposture.

“Ce n’est pas de votre responsabilité, de toute façon”, ajoutai-je en reposant violemment la valise sur le bureau. Soudain on entendit un énorme coup de feu. Il venait d’être tiré par le révolver, apparemment chargé. La balle perdue arracha l’oreille gauche du poète et continua sa course à travers la fenêtre qui vola en éclats. Dans un premier temps, je restai sidéré, encore assourdi par la stridence de la détonation. M. Schindermann s’écroula. M. Shmouel se précipita vers lui. Au bout de quelques secondes, des gens entrèrent dans la pièce et appelèrent une ambulance.

“Je n’en crois pas mes yeux !” s’alarmait le patron penché sur son ami qui, de frayeur et de douleur, avait perdu connaissance depuis un bon moment.

Les policiers arrivèrent en même temps que l'ambulance. Nous leur racontâmes l'histoire de la valise et j'ajoutai que je l'avais posée brutalement sur le bureau et que c'était à cause de ça que le coup était parti tout seul. Au début, l'enquêteur se montra très dubitatif. Ou peut-être espérait-il un grand scandale médiatique impliquant un héros militaire mort au front et un célèbre poète à l'oreille coupée ? Malgré la véracité de notre témoignage, il décida de nous embarquer au commissariat sous prétexte de prendre une déposition plus complète et qui éclairerait mieux les faits. Nous sortîmes du bâtiment en direction de la voiture de police sous les flashs d'une nuée de photographes, au milieu d'une foule de badauds qui se pressaient là pour voir le grand artiste atteint d'une balle tirée par un fantôme. Le lendemain matin, parut dans le journal une photo où on me voyait de profil, j'avançais, encadré par M. Shmouel et le chef de la police du secteur, vers une voiture à gyrophare, sous la légende : "Rivalité artistique ? Un poète tire sur un autre poète."

Le trajet jusqu'au commissariat ne dura que quelques minutes. M. Shmouel fut libéré au bout de deux heures.

"Il a des amis qui se sont débrouillés pour qu'on le laisse vite rentrer chez lui", commenterait plus tard Myriam.

Moi, je dus rester et répéter de nouveau mon histoire devant l'inspecteur principal. À l'entrée, lorsqu'on me demanda mon identité, je prétendis que je n'avais pas mes papiers sur moi et donnai mon faux nom. Mais j'étais si tendu que j'en eus des bouffées de chaleur intenses, ce qui m'obligea à m'asseoir. Je m'écroulai sur le garde qui se tenait là et demandai à ce qu'on m'apporte de l'eau. Très gentiment, on m'expliqua qu'il ne s'agissait que de la procédure habituelle et que tout irait bien. La salle d'interrogatoire était peinte en bleu clair, ce qui plongeait l'espace autour de moi dans une espèce de brouillard délicatement azuré. En attendant l'arrivée de l'enquêteur, j'en profitai pour m'allonger, me reposer un peu sur le banc et respirer profondément. Je songeai à Schindermann et à son oreille trouée, à M. Megged qui ne saurait jamais ce que sa valise avait causé après sa mort. Soudain, toute mon angoisse s'envola. Cela faisait des années que je ne m'étais pas senti aussi calme, léger comme quelqu'un qui n'a plus aucun souci. J'avais compris que mes mensonges allaient de toute façon bientôt m'exploser à la figure, ne me restait qu'une chose à faire : respirer tranquillement et profiter de cet épisode surréaliste avant d'être démasqué. L'été brûlant frappait les murs du commissariat par vagues de chaleur à odeur de ciment, leur souffle s'engouffrait dans mon nez comme le vent dans les branches d'un arbre. Dans l'après-midi, je mangeai un peu de fromage blanc et de pain noir, l'inspecteur-chef vint poursuivre l'interrogatoire. À la fin, il me demanda si je voulais appeler quelqu'un pour lui demander de venir me chercher.

"Ça ira, merci, je vais prendre un taxi."

Je reboutonnai ma chemise et me fis conduire à l'appartement que je louais dans le Kerem HaTeimanim, le quartier Yéménite, depuis mon départ du kibboutz.

Le soir tombait déjà quand j'arrivai chez moi, un peu perdu et très fatigué.

Le lendemain matin, la sonnerie du téléphone me réveilla.

"Dis-moi, tu es tombé sur la tête ?" Myriam criait dans le combiné. "David Zoltan ? Qu'est-ce que ça veut dire ? Tu as une fille ici !" Elle ne haussait jamais la voix mais ce matin-là, son ton était tranchant.

"Myriam, laisse tomber, franchement. Ça n'a plus aucune importance maintenant et je te demande de n'en parler à personne."

"De n'en parler à personne ? Avec ta photo qui s'étale dans les journaux ? Tout le kibboutz en parle."

"Ma photo ? Quelle photo ?" Je luttai contre l'envie de lâcher l'appareil et de courir en bas acheter le premier quotidien venu.

"Il y a une photo de toi et d'un autre type, un gros, à côté d'un policier. Et la légende ? Dis-moi, tu es devenu fou ?" Elle était hors d'elle. "D'ailleurs, quand est-ce que tu as l'intention de venir ? Ça fait presque un an qu'on ne t'a pas vu ici. Qu'est-ce qui t'arrive ? Je suis très inquiète."

Dès que j'eus raccroché, je me précipitai en bas pour essayer de comprendre de quoi elle parlait. Lorsque j'ouvris le journal, le ciel me tomba sur la tête. D'après la photo, il était clair que j'avais cherché à nuire à Schindermann. Bien que la police m'ait libéré et d'ailleurs ne m'ait jamais arrêté, d'après ce papier calomnieux, j'étais un criminel. Comment une telle chose avait-elle pu se produire ? Certes, il n'était pas écrit que j'avais tiré ou blessé volontairement qui que ce soit, mais on signalait que j'étais impliqué. Moi – c'est-à-dire David Zoltan. Je tenais le journal à la main et pour un instant, je perdis tout contact avec la réalité. Je me souvins de mon père et de ma mère, de notre arbre jaune, du clown. Qu'est-ce que je faisais là ? Comment en étais-je d'ailleurs arrivé là ? Pourquoi le temps était-il passé ? Pourquoi avait-il tout bouleversé ? Comment étais-je devenu cet homme de trente-sept ans qui travaillait comme secrétaire sous une fausse identité, avec une femme morte et une gamine qu'il ne connaissait pas ? Cela faisait plus de dix ans que je n'avais pas revu mon père, le double pour ma mère. Ne serait-ce pas le moment d'aller leur rendre visite ?

"C'est toi dans le journal ?" Margalit se pencha vers moi et m'effleura l'épaule du sein.

"Oui, ne crois surtout pas ce que tu lis."

Ce matin-là, elle avait aux pieds deux chaussures différentes, une bleue, la mienne, et une noire, la sienne, parce que nous n'avions pas trouvé les bonnes paires et qu'elle se dépêchait d'aller travailler. Quelques mois après le décès de ma femme, je l'avais soudain recroisée dans la rue. Pas vraiment soudain. En fait, je l'avais suivie pendant quelques jours avant de l'aborder. Nous ne nous étions pas revus depuis notre étrange première nuit, à l'époque où Yaël était enceinte. Nous avons renoué et elle devint pour moi une sorte d'hôtel affectif. Elle avait un peu changé. Ses cheveux roux avaient viré au noir et ils étaient raides. Son nez aussi paraissait un peu plus grand. Je pense qu'elle avait à peu près mon âge, mais était en bien meilleure forme que moi. Elle avait des seins si arrogants que ça transparaissait même ici, au café, à travers les vêtements de travail chastes qu'elle portait.

"Alors quoi, David Zoltan, quelle est ta version des faits ?" Elle parlait comme si on ne se connaissait pas, comme si on était deux étrangers dans un film d'espionnage.

"Je suis maintenant employé dans une verrerie et cette affaire est extrêmement mystérieuse. Je ne suis pas sûr de pouvoir t'en dire plus, certainement pas devant tant de monde. Ça relève du secret d'État." Au point où j'en étais.

"Je termine mon service à dix-huit heures trente." Elle me fit un clin d'œil et m'envoya un bisou aérien.

"Voilà une information du plus haut intérêt." Je souris et lui baisai la main en guise d'au revoir.

"À propos, je m'appelle Jenny."

Nous éclatâmes de rire parce qu'à l'époque, je lui avais révélé que David Zoltan n'était qu'un nom d'emprunt, inventé pour qu'on me laisse tranquille et elle m'avait dit qu'elle rêvait de s'appeler Jenny, parce qu'elle adorait Johnny Cash. Je lui avais fait la remarque que Jenny, ce n'était pas Johnny, mais elle avait répliqué qu'elle ne pouvait pas s'appeler Johnny, vu que c'était un prénom de garçon.

Je revins à dix-huit heures passées et me postai de l'autre côté de la rue, elle travaillait encore mais de temps en temps regardait dans ma direction et, ravie, pointait un doigt vers sa montre pour m'indiquer qu'elle terminait dans quelques instants.

“Waouh, tu m’as attendue. J’étais certaine que tu ne viendrais pas”, me dit-elle avec un sourire plein de rouge.

“Voyez-vous, Jenny, ce n’est pas tous les jours qu’on croise une serveuse aussi charmante.”

“Alors où m’emmenez-vous, cher monsieur ?”

On continuait notre jeu d’agent secret et de jolie serveuse.

“Je pensais faire un saut au Rigoletto, ça vous dit ? C’est un nouveau restaurant italien, pas loin de l’auditorium Mann.” J’en avais entendu du bien.

“Oui, avec plaisir. Vous devez encore tout me raconter, en fait, je ne sais rien de vous.”

Quelques minutes plus tard, nous étions redevenus nous-mêmes, moi Haïm et elle Margalit. Elle me parla un peu de divers hommes qu’elle avait eus et aussi de ses enfants.

“Et toi, tu en as, des enfants ?” me demanda-t-elle.

“Non”, répondis-je et je fis un gros effort pour ne pas détourner trop vite le regard ni me toucher le visage, signes révélateurs de mensonges, ce qui était le cas en l’occurrence.

Après le dîner, on alla chez elle, et ce fut la première fois qu’on coucha ensemble dans son appartement.

“Tu veux rester dormir ici ?” Elle me caressait la jambe du pied.

“Je pense que je vais rentrer. On n’en est qu’à notre premier rendez-vous, alors ça ne se fait pas…”

Elle rit, mais retrouva rapidement son sérieux : “C’est peut-être mieux, tu as raison. Et puis, je ne veux pas que mes garçons te voient demain matin. Ça compliquerait tout.”

“Alors pourquoi me l’avoir proposé ? Tu aurais pu directement me dire que je n’étais pas invité pour la nuit.”

“Je ne sais pas, j’espérais que tu refuses. Je suis comme ça, parfois, à force d’être gênée… tu sais ce que c’est…” Elle tendit la main vers mon sexe épuisé.

“Si tu ne le lâches pas, je ne pourrai pas partir.”

“Peut-être juste un petit poème avant ?” Elle était allongée sous la couverture, moi déjà à moitié rhabillé.

“Une autre fois. Je passerai demain au café et on discutera. Peut-être même que jeudi soir, on sortira de nouveau ensemble ?” Dernier bouton de ma chemise.

“David et Haïm, faites gaffe, si vous disparaissez pour une semaine, je vous tuerai deux fois.”

14

“Ce n’est pas un secret, mais pas non plus une vérité éclatante”, déclara, d’une voix très déterminée et par téléphone, le grand-père d’Akiba qui était aussi le directeur de sa yeshiva.

“Vous vous souvenez de mon père ?” demandai-je.

“Monsieur, je me souviens très bien de lui, et croyez-moi, il n’aurait assurément pas voulu que son fils épouse une fille à la judéité douteuse. Vous croyez que c’est simple ?”

“Quel est le problème au juste ? Ne serait-il pas temps que vous et vos semblables arrêtiez de faire la politique de l’autruche ?” Je sentais qu’il finirait par me rendre dingue.

“Au fond de moi, tout au fond de moi, je suis content pour elle.”

“Je me demande bien pourquoi.”

“Mais parce qu’elle retrouve son histoire familiale et qu’elle cesse de vivre dans ses fantasmes.” Il s’était radouci.

“Alors on fait quoi ? Vous êtes en train de me dire que vous allez empêcher ces fiançailles à cause d'une rumeur ? D'un épisode non avéré, vieux de cent ans ?"

"Ce n'est pas une rumeur. J'y étais, ne l'oubliez pas. Je me souviens de toute cette affaire, je sais comment votre père l'a enlevée et s'est enfui avec elle. Toute la ville était en émoi."

"Qui a enlevé qui ? Qu'est-ce que vous racontez ?" Tout à coup, j'eus l'impression qu'on ne parlait pas de la même chose.

"Yossef a enlevé la femme du grand rabbin. Rachel, votre mère."

"Quoi ?"

Mon père m'avait toujours raconté qu'il avait été au service de Schteirmel. Quant à ma mère, jamais elle ne m'avait dit qu'elle avait été mariée avant de le rencontrer. Je n'en croyais pas mes oreilles.

"Quand on tombe vraiment amoureux, que peut-on faire d'autre ?" justifia mon père.

"Amoureux, amoureux... tu sais bien que la fuite, ce n'est pas facile." Ma mère lui lança un regard lourd de sens et je sentis qu'il y avait là quelque chose qui m'échappait.

"Ça fait mal au cœur. Comme si on n'avait pas assez d'ennuis en ce moment." J'écoutais très attentivement tout en luttant contre l'envie de courir retrouver Leon, de la serrer dans mes bras et de la réconforter parce que sa mère les avait abandonnés. Je ne pouvais pas attendre le lendemain.

"On laisse toujours quelqu'un derrière soi. Souvenez-vous-en. C'est juste que parfois il reste là où vous l'avez laissé, parfois, il vous suit."

"De qui parlons-nous ? demandai-je au grand-père d'Akiba. De quelle mère ? La mienne ? Elle a rencontré mon père à la synagogue." Mes lèvres tremblaient.

"Monsieur, je vous conseille de téléphoner à vos parents et de leur poser la question. En attendant, je ne peux rien pour votre fille. Je suis désolé." Il ne savait même pas que mon père était mort depuis des années.

"Mais vous êtes le directeur de la yeshiva, le maître à penser de toute votre communauté. C'est vous qui faites la loi là-bas, alors stoppez ces rumeurs. Vous savez quoi ? Je ne vous demande qu'une chose : rencontrez-la. Ensuite, vous déciderez."

"Je peux la rencontrer, mais vous devez comprendre que ceci nous dépasse tous les deux, moi autant qu'elle. C'est une question de religion, de préceptes, ça ne dépend pas de moi." Mais oui, il n'était qu'un petit fonctionnaire de la foi !

"Maintenant que tout a éclaté au grand jour, il n'y a plus rien à faire." Ma mère réfléchissait comment aider un peu la famille de Leon, sachant que le père se retrouvait seul avec ses trois filles. "En attendant, il faut cesser les commérages. Tout le quartier est au courant. Sur quoi peuvent-ils encore bien jaser ?"

"Un instant, Monsieur. Le souci, c'est le fait que ma grand-mère était goy ou que mon père a enlevé la femme de votre grand rabbin ?" Je commençais enfin à saisir le nœud du problème.

"Loin de moi cette pensée. Bien sûr que le souci est la judéité de l'arrière-grand-mère de votre fille, qui remet en question votre judéité à tous."

“Mais vous venez de dire que vous y étiez, que vous vous souveniez de mon père et de sa fuite avec la femme de votre grand rabbin, que toute la ville en parlait...”

Soudain, c’était clair comme de l’eau de roche : il ne s’agissait ni de Dieu ni des lois du judaïsme, mais bien d’une petite vengeance toute personnelle. Ce grand sage vengeait le cœur brisé de son ancien rabbin et moi, je découvrais soudain que ma mère avait été mariée avant mon père, et que j’étais le fruit d’un rapt ou quelque chose comme ça.

“Vous vous vengez, c’est tout. Je n’arrive pas à y croire !” Mon pieux interlocuteur m’apparut soudain comme un politicien mesquin.

“Pas du tout. Je viens de vous expliquer : c’est un problème technique en rapport à nos préceptes.”

“Sûr qu’il a le cœur brisé”, commenta encore ma mère.

“C’est vraiment fou, cette histoire, si on y réfléchit, ajouta mon père. Dire qu’elle est partie avec un officier allemand ! Jamais je n’aurais pu ne serait-ce qu’imaginer une chose pareille.”

Le lendemain matin, après quelques heures à avoir traîné dans les rues et tenté de troquer des hardes contre des miches de pain, je suis rentré à la maison, j’ai jeté tout ce que je tenais à la main et suis ressorti aussi sec pour aller dans notre arbre retrouver Leon. En la voyant arriver de loin, je compris que tout avait changé et que, malgré les années qui passeraient, cette cassure ne la quitterait jamais plus.

“J’ai appris que ta mère était partie...” J’avais décidé d’évoquer le sujet sur-le-champ pour éviter tout malaise.

“Ma mère est amoureuse”, me coupa-t-elle avec un grand sérieux.

Je ne m’attendais pas à une telle réponse.

“Amoureuse ?” demandai-je.

“Oui, amoureuse. Le rabbin Schteirmel m’a raconté qu’après avoir vu votre père, elle n’était plus la même, qu’elle ne l’aimait plus parce que son cœur appartenait désormais à un autre. Ça l’a détruit. Vous savez, quand ils se sont enfuis, elle en était à peu près à son deuxième mois de grossesse, si je ne m’abuse. Le grand rabbin aurait pu lancer une délégation à leur poursuite ou envoyer des lettres un peu partout pour les retrouver rapidement, mais il a décidé que non. Et il l’a aimée toute sa vie.”

“Mon père et ma mère sont au-dessus de tout soupçon. Êtes-vous certain, Monsieur, de ne pas vous mélanger un peu les pinceaux ?” Je savais qu’il disait la vérité, je le sentais.

“Haïm, allez donc parler avec le grand rabbin Schteirmel.”

“Il s’est remarié ?”

“Oui. Et il n’a pas eu d’enfants. Il s’est remarié avec une femme merveilleuse mais qui lui a aussi apporté une preuve supplémentaire de sa stérilité. Ce qui est rare chez les hommes, vous savez.”

“Et après avoir traversé l’épreuve que vous me racontez, il est resté là-bas ?”

“Bien sûr. Où voulez-vous qu’il aille ? répliqua le directeur en riant. Il est resté dans sa yeshiva, dans la même petite ville. C’est aujourd’hui le patriarche.”

La conversation se termina sur un ton plutôt convivial, mais malheureusement sans la moindre décision pratique. Je craignais que Sharon ne soit très déçue lorsque je lui annoncerais que le grand-père de son futur n'avait pas l'intention de lever le petit doigt pour elle.

Il ne pouvait pas et ne voulait pas, ce qui le rendait invincible. Quelques minutes après avoir raccroché, je me suis mis à trembler et j'ai voulu téléphoner à ma mère pour lui parler. Comment avaient-ils pu me cacher ça ? Mon père m'avait juste dit qu'il avait été au service du grand rabbin Schteirmel dans la yeshiva. Jamais mes parents n'avaient laissé échapper le moindre mot relatif à cette folle légende.

*

L'atterrissage en Hongrie fut un instant très étrange. Tout à coup je me retrouvais à Harnaka avec Sharon. Cela faisait plus de quarante ans que j'en étais parti. J'y revenais avec ma fille. Durant le vol, nous n'avions pas beaucoup évoqué le sujet, nos échanges se résumant à deux choses : moi qui essayais de la satisfaire et elle qui me repoussait. Parfois, elle se radoucissait et j'arrivais alors à lui glisser un mot gentil un peu éculé, ou bien je lui racontais une jolie histoire qu'elle écoutait avidement en s'évertuant à ne pas me le montrer. Nous étions tous les deux loin de notre zone de confort, elle avait besoin de mon aide et moi, je revenais avec elle dans mon pays natal et haï. Je n'avais pas prévenu ma mère de notre venue afin de me laisser la possibilité de décider en dernière minute, selon mon ressenti, mais lorsque Sharon m'avait demandé si sa grand-mère avait été informée et si on irait la voir, je lui avais répondu que je trouvais sa question bien étrange, évidemment que oui. Au bout de quelques heures à dormir dans l'avion, on avait tous les deux été réveillés en même temps par l'odeur de nourriture qui envahissait la cabine.

Après l'atterrissage, on a pris un taxi pour le Hilton. Incroyable qu'une chaîne si prestigieuse soit représentée dans une petite ville aussi merdique. L'hôtel jouxtait l'école où j'avais étudié, mais je me suis gardé de trop d'évocations, je n'étais pas le centre d'intérêt de ce voyage, si nous étions en Hongrie, c'était pour elle.

“Bonne nuit, papa.” Elle prit la clé de sa chambre.

“Bonne nuit, on se retrouve demain au petit déjeuner. Pas trop tard.”

Elle avait drôlement muri.

J'ai remercié le réceptionniste à l'accueil, malgré la tête de sadique qu'il avait, j'ai soulevé ma valise et suis monté dans ma chambre. Impossible de m'endormir, même en temps normal j'avais du mal, et là, je ne savais simplement pas quoi faire de moi. Ma montre indiqua deux heures et demie, puis trois heures et demie du matin, j'étais toujours assis dans le fauteuil à contempler la fenêtre. Tout semblait identique, le monde entier semblait identique, seuls les gens avaient changé.

Après le petit déjeuner et sans perdre de temps, nous avons mis le cap sur la yeshiva où était censé se trouver le grand rabbin Schteirmel. Nous sommes facilement arrivés jusqu'au vieil édifice, l'avons détaillé de l'extérieur, sans doute postés au même endroit que mon père lorsqu'il avait vu pour la première fois celle qui deviendrait ma mère et n'était autre que la femme du directeur du lieu. Le bâtiment était râblé et couvert de moisissure, impressionnant mais coincé entre deux immeubles. Nous sommes entrés. J'ai sorti une kippa de ma poche et l'ai posée sur ma tête. Le premier garçon que nous avons croisé près de la porte nous indiqua le bureau de celui qu'on cherchait en ajoutant : "J'espère qu'il est là aujourd'hui, il ne vient pas tous les jours."

Cela faisait pas mal d'années que je n'avais pas parlé hongrois, et voilà que je me débrouillais très bien et même, j'en étais ému. Chaque syllabe, chaque mot résonnait tel un monde nouveau que je découvrais, c'était comme une missive que j'ouvrais et dont le contenu me prenait par surprise. Le grand rabbin était dans le bureau. La rumeur que deux personnes venues d'Israël le cherchaient était rapidement arrivée jusqu'à lui.

"Bonjour, monsieur le rabbin. Je suis Haïm, je viens d'Israël." Nous parlions hongrois.

"Dans ce cas, on peut parler hébreu, si vous préférez." Du geste, il demanda à son factotum de lui apporter une serviette en papier afin qu'il puisse s'essuyer la bouche.

"Nous sommes venus vous voir pour un motif très important. Je suis le fils de Gregor et de Sophia, ou de Yossef et de Rachel, leurs anciens noms."

Le vieil homme leva la tête de son bureau, plongea ses yeux dans les miens et j'ai senti émaner de lui une chaleur intense. Voilà des années que je n'avais pas perçu quelque chose d'aussi fort. En un seul regard, il venait de me dévoiler son cœur. Plus de soixante ans s'étaient écoulés depuis que ma mère l'avait quitté mais il semblait encore souffrir. Soudain, la situation me parut ridicule. Je regrettais tout.

"Vous êtes le fils de Rachel ?" Ses yeux se remplirent de larmes.

"Je suis Haïm, oui."

"Comment va-t-elle ? Elle est toujours vivante ?"

"Qui ? Ma mère ? Oui, toujours. Mon père est mort il y a déjà un certain temps, mais pas elle."

"Et vous êtes au courant de ce qui s'est passé ?"

"Je n'ai découvert la vérité que très récemment. L'homme qui m'en a parlé m'a conseillé de venir vous voir. En fait, nous l'avons contacté pour une tout autre affaire, sauf que nous avons compris que les choses étaient liées." Je sentais Sharon ronger son frein.

"Vous savez, toute ma vie, j'ai attendu ce moment. Certaines nuits, j'ai rêvé de vous, tant je voulais vous rencontrer. Le fils de Rachel." Lentement, il me tendit une main très vieille, belle et délicate.

"Monsieur le rabbin, j'en suis moi-même ravi. Je vous présente ma fille, Sharon."

Ce fut elle qui expliqua la raison de notre venue, parla d'Akiba et du problème de ma grand-mère, c'est-à-dire de son arrière-grand-mère.

"Votre arrière-grand-mère était une femme superbe, sourit Schteirmel puis il pointa vers moi un doigt tremblotant : Mais ton grand-père, Haïm, lui, qu'est-ce qu'il était antipathique."

“Comment pouvons-nous résoudre le problème de ma fille ? insistai-je. Les deux jeunes s’aiment et veulent se marier.”

“Tu vois cette photo ?”

Il me montra un très vieux cliché, dans une espèce de cadre en métal doré. On y voyait un bel homme debout, seul, devant un arbre.

“Oui. Qui est-ce ? Vous, monsieur le rabbin ?”

“Oui.” Puis il ajouta après quelques instants de silence : “Moi et ta mère, Rachel, mais elle, je l’ai découpée pour que Haya, ma nouvelle femme, ne s’énerve pas.” Il eut le rire de quelqu’un qui évoque de bons souvenirs.

“Vous avez quel âge, là-dessus ?”

“La trentaine, je ne me souviens plus exactement. Et elle, elle devait avoir un peu plus de vingt ans.”

“Sauf votre respect, pouvez-vous m’aider ? Accepteriez-vous de parler avec le grand-père d’Akiba ?” explosa alors Sharon.

Je pris une grande inspiration et y allai franco : “Monsieur, cet homme se venge pour vous et votre cœur brisé. Il refuse d’entendre parler de ce mariage, et maintenant, toute cette famille sait que ma grand-mère était goy, ce qui rend les choses très compliquées. Vous êtes le seul à pouvoir débloquer la situation.”

Sharon serra les genoux et regarda par la fenêtre.

“Votre fille me plaît, elle me semble être très intelligente et je ne doute pas que vous l’ayez très bien éduquée.”

J’en fus si bouleversé que, incapable de me contenir, j’éclatai en sanglots.

“Mon père a quitté la maison et j’ai grandi dans une famille d’accueil.” Elle ne pouvait pas, ne fût-ce qu’un instant, passer l’éponge.

“Et Rachel, où habite-t-elle ?” me demanda le rabbin, comme s’il n’avait absolument pas entendu la précision de ma fille. Ces gens-là savent très bien ne pas entendre ce qui ne les arrange pas.

“Ma mère ? Elle vit à Budapest.”

“Pourriez-vous m’organiser un rendez-vous avec elle ? L’amener ici, par exemple ?”

“Monsieur le rabbin, vous me prenez de court. Je vais devoir lui demander. Cela fait des années que nous ne... Ce n’est pas comme si nous étions, elle et moi, en contact journalier...” Mes larmes et mes bafouillements résonnaient dans tout le bâtiment.

Sharon posa la main sur le dossier de ma chaise. C’était le maximum qu’elle pouvait faire à ce moment-là, je le sentis de manière très claire. Stupéfait de la tournure que prenait la discussion, le rabbin se demandait comment continuer. J’avais le cœur en mille morceaux, impossible à recoller, même pour quelques instants.

“Ma chère Sharon, je vais parler avec le directeur de la yeshiva. Et vous deux, vous m’amènerez Rachel ici, disons... mercredi ?”

“Mercredi ? Ça nous pose un petit problème, nous avions l’intention de rentrer en Israël dès dimanche. J’ai mes cours et mon travail, je ne sais pas...” Elle s’interrompit et me lança un regard désemparé.

“Toi, tu vas rentrer en Israël et moi, je resterai ici et j’irai voir ta grand-mère.”

“Eh bien, parfait, on dirait que tout commence à s’arranger.” Le rabbin était soudain redevenu le magouilleur qu’il avait sans doute été pendant des dizaines d’années. Une lueur maligne brilla dans ses yeux.

Après ce rendez-vous, Sharon et moi avons tous les deux repris la direction de l’hôtel, marchant sans beaucoup parler. Trop de choses nous échappaient encore et nous ne savions simplement pas quoi dire. Je ne m’étais pas remis de tous ces rebondissements. Car si j’avais toujours su que la mère de mon père était goy, jamais je n’aurais pu m’imaginer que cette chose serait un jour ébruitée, et je n’avais bien sûr jamais pensé que ma fille, son arrière-petite-fille, payerait si cher un passé si lointain. Quant à ce que j’avais appris sur mon père qui avait piqué la femme du grand rabbin, ça ne cessait de me tarauder. Arrivé à l’hôtel, j’assurai à Sharon que tout s’arrangerait, que j’y veillerais. Je la vis avancer vers l’ascenseur les épaules basses, humiliée. Elle avait une drôle de démarche. À l’âge de cinq ans à peu près, elle s’était cassé la jambe et depuis, elle boitait légèrement car son pied était resté un peu tordu. Je n’avais fait de déplacement au kibboutz qu’un mois après son accident, elle n’avait plus de plâtre et les dégâts étaient déjà irréversibles.

Je suis monté dans ma chambre et je me suis assis sur le lit. Répugnant. On pouvait encore sentir les effluves de tous ceux qui m’y avaient précédé.

15

Le mercredi, au tribunal de grande instance de Jérusalem, mon père avait fait pipi dans son pantalon. Je m'en souviens comme si c'était hier.

“Monsieur peut se lever, nous en avons terminé”, déclara le procureur général. Un brouhaha s'éleva dans la salle d'audience.

La cour décréta une pause de deux heures.

“Monsieur peut aller aux toilettes, la séance est levée”, ajouta alors le greffier.

Mais personne ne bougea, tous les spectateurs, sans exception, restèrent assis dans un silence total. Et moi, je ne savais plus quoi faire. Horrible sensation : non seulement mon père venait de témoigner sur un sujet extrêmement sensible, mais voilà qu'il se pissait dessus, et j'étais le seul ici présent à pouvoir l'aider. En le voyant se diriger d'un pas traînant vers la sortie latérale, je me suis levé, j'ai regardé autour de moi, il y avait de nombreux journalistes dans le prétoire et quasiment tous ricanaient. Sans doute pensaient-ils déjà au gros titre croustillant qui décrirait comment l'ami de Kastner s'était pissé dessus à la barre. J'ai demandé à un policier en faction qu'il m'indique dans quelle pièce se regroupaient les témoins, il a pointé un doigt vers le haut. J'ai pris l'escalier en marbre bon marché de ce bâtiment honni, tout ici paraissait trop large, hors de proportion – comme si on avait cherché à faire le plus pompeux possible dans le cadre d'une architecture socialiste.

"Papa ?" J'ai ouvert doucement la porte.

"C'est quoi, cette barbe ?"

"Tu veux que je t'aide, oui ou non ?" Je me suis adressé à lui en hébreu, j'avais les nerfs en boule, je les sentais se tordre dans mon ventre et remonter jusqu'à ma bouche.

"Approche, donne-moi la main", me dit-il en hongrois tandis que, dans une grimace crispée, il se penchait pour enlever ses chaussures.

"Attends, je vais descendre et chercher de quoi t'essuyer."

Nous avions tellement honte tous les deux que je m'accrochai au premier prétexte pour m'esquiver des toilettes.

"Voilà ce que j'ai trouvé. Prends-le et essuie-toi un peu, juste qu'on puisse sortir d'ici."

Il était occupé à rincer son pantalon dans le lavabo, avait remis ses chaussures élégantes et il se tenait là, debout, chaussettes bien tirées vers le haut, en slip, le torse droit comme un chevalier magyar. J'ai commencé à rire discrètement, toute cette journée était épouvantable.

"Qu'est-ce qui t'amuse autant ? Viens m'aider." Lui-même eut un petit sourire, indiqua la tache et demanda : "Tu penses que quelqu'un aura remarqué ?" Et là, il éclata carrément de rire.

"Tu n'as pas tellement changé", dis-je.

“Qu’est-ce que tu crois ? Moi, j’ai une femme à la maison.” Sous le trait d’humour, j’entendis la critique – si je me laissais aller, c’était parce que je n’avais pas de compagne.

“Tu n’as pas autre chose à faire maintenant que de me provoquer ?” J’étais en train de lui lacer sa chaussure gauche.

“Bon, viens, commandons un taxi. Je veux aller à l’hôtel me reposer un peu.”

Il se remit debout et laça lui-même sa chaussure droite.

“Tout seul ?”

“Ben oui, tout seul. Je ne suis venu que pour deux jours, pas un de plus. Demain, je rentre chez moi.”

Nous sommes sortis de là et avons commencé à descendre l’escalier.

“Tu veux qu’on aille boire quelque chose ? Un café ?” ai-je demandé.

“Ah oui, un petit quelque chose, pas trop cher.”

“Regarde-toi, tu parles encore la bouche pleine de pain.” Il était assis en face de moi à la cafétéria du tribunal.

“Comment va maman ? Ça fait longtemps que je ne l’ai pas eue au téléphone.”

“On va bien tous les deux. On vit au jour le jour, comme on dit.”

Nous étions aussi renfermés l’un que l’autre.

“Quand j’ai lu que tu venais témoigner en Israël, je n’y ai pas cru. J’étais sûr que tu te défilerais.”

“Et moi, j’étais sûr que tu chercherais à me voir bien plus tôt”, renchérit-il très vite, presque instinctivement.

“Ça n’a pas été simple”, ai-je marmonné d’une petite voix, peut-être même n’a-t-il pas entendu.

“Rien n’est simple avec de la mauvaise volonté. Alors, c’est comment dans ton kibboutz ?” Il buvait son jus avec une paille, soudain, on aurait dit un gamin.

“Très bien. J’ai une copine, tu sais, Yaël.”

“Ah oui. Depuis combien de temps ?”

“On va se marier, ne t’inquiète pas. Peut-être même qu’on fera un enfant. Chez nous, au kibboutz, c’est très important, peupler le pays, élargir l’implantation juive, etc.”

“Bravo.”

Si ça ne t’intéresse pas, pourquoi me poser la question ? aurais-je voulu lui lancer.

“Sharon est ici avec moi.”

“Quoi ? Où ?” Ma mère se leva de table et disparut dans la cuisine.

“On est venus pour quelques jours afin de régler une affaire très importante et j’ai besoin de ton aide.”

“De mon aide ? Tu devrais d’abord commencer par me la présenter, il est temps que je la rencontre, non ?”

“Tu vas la rencontrer. Elle doit venir nous chercher en voiture dans un instant.”

“Mais je t’ai demandé d’appeler un taxi. Je ne veux pas vous déranger.” Il voulait surtout retourner à l’hôtel le plus vite possible.

“Ça ne nous dérange pas. On a obtenu un véhicule du kibboutz. Ne t’inquiète pas.”

“Sharon va épouser un garçon qui s’appelle Akiba et qui est le petit-fils du directeur de leur yeshiva. Le problème, en vrai, c’est que cette famille ne veut pas de ma fille parce qu'elle n'est pas une ultraorthodoxe de souche. Tu connais ces imbéciles de racistes. Et pour couronner le tout, ils ont découvert que mon grand-père Haïm était marié à une goy."

"Oh, mon Dieu ! Je n'en crois pas mes oreilles. Comment l'ont-ils découvert ?" m'interrompit ma mère.

"Le grand-père du futur connaissait papa." Je tournais autour du pot et la tension devenait insupportable.

"Quoi ? C'est qui, ce type, comment il s'appelle ?"

"Il était le secrétaire personnel du grand rabbin Schteirmel."

Bouleversée, elle me dévisageait avec des yeux écarquillés. Elle avait compris que je savais la vérité.

"Et qu'est-ce qu'il t'a raconté ?" essaya-t-elle quand même.

"Tout. Il m'a tout dit. Tu m'expliques, maman ? Comment avez-vous pu me cacher une chose pareille ?"

"Quelle importance ? On a tous notre histoire. Ça a été un coup de foudre."

"Un coup de foudre ? Mais enfin, il t'a prise à un autre."

"Il ne m'a pas prise. On est tombés amoureux. Il a suffi d'une seule rencontre, devant la synagogue, le jour de Kippour."

"Une rencontre ? En tête-à-tête ? Derrière le dos de ton mari, le grand rabbin ? Et maintenant, toute cette histoire éclate à la figure de Sharon !"

"Qui te parle de tête-à-tête ? On s'est croisés plusieurs fois quand j'étais avec Schteirmel. Ton père et moi, on a tout de suite senti que ça allait se compliquer."

"Je n'arrive toujours pas à croire que tu as été mariée à ce type. En plus, tu étais enceinte de moi avant de… D'accord, je ne suis plus un gamin, mais je ne m'en remets pas."

"Qu'est-ce que tu veux que je te dise ? s'écria-t-elle. C'est comme ça. Franchement, Haïm, pas de quoi lui en vouloir ! Il nous a sauvé la vie, c'est ton père et ça fait plus de soixante ans. Laisse tomber."

"Je veux régler le problème de Sharon."

"Qu'est-ce que tu attends de moi, maintenant ? Quoi ?" Elle avait les yeux si secs que j'en eus les entrailles retournées.

"J'ai besoin que tu rencontres Schteirmel."

Longues minutes de silence.

"Schteirmel ? Quoi, il est encore vivant ?"

"Non, c'est au ciel que tu dois aller le retrouver… Évidemment qu'il est encore vivant ! Il vit à Harnaka. Sharon et moi l'avons retrouvé dans sa yeshiva. Au début, je croyais que le grand-père d'Akiba ne permettait pas à son petit-fils d'épouser ma fille parce que son arrière-grand-mère était goy, mais j'ai découvert qu'il s'agit uniquement d'une histoire de vengeance personnelle. Maintenant qu'il est directeur de yeshiva, il venge la peine de cœur de son ancien maître à penser. Et c'est de ta faute, tout ça, comment tu croyais que ça allait finir ?"

"Je ne sais pas. Ça fait tellement d'années. Moi, j'ai tiré un trait sur cette histoire."

"Seulement voilà, je suis en train de te dire que cette histoire n'a pas tiré un trait sur toi et je refuse que Sharon paye le prix de vos conneries."

“Il a demandé à me voir ? Qu’est-ce qu’on a à se dire ?” Elle se rassit à table.

“Je ne sais pas. Il a clairement sous-entendu que si je voulais qu’il écrive à son ancien secrétaire, je devais lui organiser un rendez-vous avec toi.”

“C’était un salopard et il est resté un salopard. Quel genre de personne se permettrait un tel chantage ?” Elle était dans un état de tension intense tant la situation l’oppressait.

“Maman, c’est une faveur que je te demande. Accepte juste de le rencontrer. On va aller avec toi à Harnaka et on va régler cette histoire une fois pour toutes.”

“Haïm, ça fait soixante ans. Tu comprends que c’est compliqué, n’est-ce pas ? On était mariés et… on l’est peut-être encore.”

Ça, je ne pouvais pas l’entendre : “Quoi ? Qu’est-ce que tu es en train de me dire ?”

“Réfléchis un peu ! Ton père et moi, on s’est enfuis. Après la guerre, tout était tellement désorganisé qu’il nous a suffi d’aller à la mairie pour nous marier. Personne ne s’y retrouvait plus. Mais en ce qui concerne le rabbinat d’Harnaka, je suis toujours mariée à Schteirmel.”

“Et comment il a fait, lui ?”

“Je ne sais pas. Il a dû trouver une solution conforme à la religion. Tu les connais, ces gens-là, quand ça les arrange, ils trouvent toujours des accommodements.”

“Bon, écoute, tu as l’occasion de régler cette affaire une fois pour toutes. Accepte un rendez-vous avec lui, je t’en supplie. Sharon a besoin de toi, et tu dois l’aider.”

“Je sais, je sais.” Oh, comme elle détestait cette situation ! “Elle est où ? Pourquoi ne me l’as-tu pas amenée ?”

“Tu penses vraiment qu’on aurait dû avoir cette conversation devant elle ? La pauvre est suffisamment bouleversée avec tout ce qui lui est tombé sur la tête.”

“Et toi, comment as-tu pu l’abandonner quand elle était petite ? Qu’est-ce qui t’a pris ?”

“Maman, j’ai du mal à respirer, elle me rend fou d’un côté et maintenant toi de l’autre.”

“Alors là, bravo ! C’est de ma faute si tu es un imbécile ?”

“Je suis un imbécile, d’accord. On peut aller à Harnaka ?”

“Pour l’instant, on ne va nulle part. Demain, c’est Kippour. Après le jeûne, on verra quoi faire.”

“Non. Je veux qu’on parte tout de suite. On passera Kippour là-bas. Tu vois, plutôt crever que d’attendre encore trois jours. Sharon ne tiendra pas le coup.”

“Et cet Akiba ? Qu’est-ce qu’il dit de tout ça ? Tu l’as rencontré au moins ?”

“Non. Avant qu’elle m’appelle à la rescousse, ça faisait très longtemps qu’on ne s’était pas parlé, elle et moi. Quant à Akiba, qu’est-ce que tu veux qu’il dise ? C’est un élève de yeshiva amoureux qui subit le joug autoritaire et cruel de votre Dieu.”

“Bien. Appelle Sharon. On se retrouve à la gare. En avant pour Harnaka !” Et sans plus attendre, elle entra dans sa chambre pour préparer une petite valise.

“Je ne sais pas si c’est une bonne idée que Sharon vienne avec nous là-bas. Va savoir quelles autres révélations…”

Elle m’interrompit immédiatement.

“Quand tu auras fait sa connaissance, papa, tu verras qu’elle est du genre intelligente et compréhensive. Ne t’inquiète pas. On va juste te déposer à l’hôtel et on te laissera tranquille.”

Il devait craindre que Yaël lui pose trop de questions et qu’elle ait envie de discuter avec lui, ce qu’il ne voulait surtout pas.

On a chacun avalé quelques gorgées supplémentaires et il a retrouvé un peu de sérénité. Tout à coup, sans avertissement préalable, il a repris la parole : “Je suis certain que ton amie est une charmante jeune fille, sérieuse, comme tu nous l’as décrite dans ta lettre. Ça me fera plaisir de la rencontrer. Vous voulez des enfants ? Réfléchis-y bien, je ne suis pas sûr que tu sois fait pour ça. D’ailleurs, pourquoi mettre au monde une créature solitaire de plus ? Un enfant de plus ? Il y a déjà beaucoup de gosses sur terre, que les autres s’en chargent. Ne crois pas que je parle par nostalgie, non, non, je ne me lamente sur rien, je ne suis pas de ceux qui répètent sans cesse que c’était mieux avant, tu sais, avant la guerre. Ça n’existe pas. Les avant et les après n’existent pas pour nous, c’est peut-être le privilège d’autres générations, mais nous, nous ne vivons que dans le présent. Le temps, on nous en a privés. Un homme va au marché, achète des fruits, les met dans son panier, rentre chez lui, fait la cuisine, mange, va chier, pisser et dormir : la solitude du corps. Bien sûr, il y a des jours meilleurs que d'autres, parfois tu te lèves tôt et tu vois un soleil rouge se lever avec toi, tu veux arrêter cet instant pour qu'il peigne toute ta vie mais non, ça passe aussi, au bout de quelques mois, le rouge devient rose, au bout de deux ans, ce n'est plus un soleil rouge mais juste le soleil, au bout de dix ans c'est : 'Un jour, je me suis levé tôt' et ça finit par : 'J'ai connu de beaux matins, il y a longtemps.' On dit toujours que dans la mort, l'homme est seul. Je ne sais pas, mais depuis la guerre, on est tous seuls. Est-ce que ça veut dire que ce "dans la mort" n'est pas uniquement appliqué à ta propre mort, mais qu'il y aurait une quantité spécifique de morts au-delà de laquelle ça déteindrait aussi sur ceux qui restent en vie ? Je t'ai vu, assis dans la salle d'audience au milieu d'inconnus, je savais que tu serais là. Ta mère avait dit que non, mais moi, je savais. Tu n'as pas encore accepté le fait d'être seul, c'est normal, tu n'étais qu'un enfant. J'ai vu des choses dont je ne te parlerai jamais, il y a certains choix dans la vie qu'un homme doit garder pour lui. Aujourd'hui, ça n'a plus du tout d'importance, les choses ont changé. Je t'aime, tu es mon fils, mon unique fils, je n'en ai pas d'autres. Tu décideras de ta vie. Mais écoute ton père, ne fais pas d'enfants."

"Qui dit un truc pareil à son fils ? Tu es fou ?" J'avais le visage inondé de larmes. À chacun son pipi.

"C'est comme ça, Haïm." Il essaya de me toucher l'épaule. "Tu sais, je n'en veux pas aux Allemands. Ni aux Hongrois, ils peuvent tous aller au Diable. Chez nous, dans notre famille, la Shoah n'a assassiné personne, mais elle a tué les amitiés.

Il fut un temps où j'étais ton meilleur ami, on se promenait ensemble, on traînait ici et là. Tu ne t'en souviens certainement pas, tu étais petit, mais un jour, on est allés à la synagogue et on a sauvé deux rouleaux de la Torah. Aujourd'hui, plus rien n'a d'importance. Je suis seul, Haïm, ta mère est seule, tu es seul. À cause d'eux, nous sommes tous seuls. En famille, mais seuls. On n'est pas comme les autres, comme tous ceux qui vont faire leurs courses, célèbrent des fêtes ensemble, parlent, rient... Je ne t'accuse pas, ne te méprends pas, tu as fait ton choix et il est apparemment juste. Tu es arrivé ici, tu construis ta vie ici, c'est bien. Mais ne te nourris pas d'illusions : tu es seul."

"Non, papa. Moi, j'ai Yaël et je vis dans un kibboutz en Israël. Vous deux, vous êtes seuls."

"Je n'ai pas la force de discutailler. Ramène-moi à l'hôtel. Et reviens ce soir, on s'installera dans le hall et on causera." Sa voix était douce.

"Pourquoi ne pas le faire ici, maintenant ?" Je voulais enfin lui dire le fond de ma pensée. Ils m'avaient promis de venir me rejoindre et ne l'avaient pas fait, ils étaient restés là-bas comme un couple de trouillards dans leur appartement de merde. Et il pleurnichait ?

"On parlera ce soir."

J'hésitai à répliquer.

"Bien, allez, on y va", dis-je finalement. Au moins avais-je eu le dernier mot.

On était tous les trois assis dans la voiture. Mon père avait insisté pour s'asseoir à l'arrière. Il avait d'abord serré la main de Yaël, l'avait même embrassée sur la joue – ce qui nous étonna beaucoup, elle et moi. Elle conduisait, moi j'étais à sa droite, je n'avais pas le permis et de toute façon, j'ai toujours trouvé très sexy une femme aux commandes, en train de se battre pour manœuvrer un volant refusant de tourner. Mon père est resté taciturne tout le trajet, de temps en temps il a posé une question sur tel ou tel bâtiment devant lequel on passait, sur une rue particulièrement animée. À l'évidence, et malgré ses efforts pour le cacher, il était très impressionné par la ville et par tout ce qu'on y avait construit.

"Alors, tu es toujours d'accord pour que vous veniez me retrouver ici ce soir ?"

J'avais escompté qu'il aurait oublié, j'étais très fatigué. "Ah, oui... mais on a un problème. Apparemment, on doit rapporter la voiture au kibboutz en fin de journée."

Entendant mon mensonge, Yaël se tourna aussitôt vers moi et essaya de glisser un mot, mais je lui lançai un regard que j'espérais explicite.

"Ah... c'est vrai, on doit la rapporter. Parce que demain matin... il y a des réunions, euh, avec un autre secrétariat... ils doivent aller à Mashabei Sadeh."

"Je comprends, pas de problème."

Mon père m'étreignit et me chuchota à l'oreille : "Tu as raison, elle est effectivement intelligente et compréhensive."

Je le serrai à mon tour dans les bras. Lorsque nous nous séparâmes, il avait un profond sourire au fond des yeux.

16

"Tu veux que je te raconte quelque chose ?" Je m'adressai à Mikhal, mon arrière-petite-fille. "Eh bien, un jour, moi aussi, j'ai eu une copine. J'avais à peu près ton âge."

Elle n'eut pas l'air très impressionnée.

"Papa, tu comprends que nous, on reste ici, n'est-ce pas ?" me coupa Sharon, inquiète.

"Oui, je comprends, mais je pense que c'est une erreur. Et ne va pas t'imaginer que je resterais pour toi."

"Ne t'inquiète pas, je ne m'imagine rien du tout." Elle continuait à faire la vaisselle.

"Vous avez déjà détruit une moitié du pays, la nôtre, tu ne crois pas qu'il est temps que vous détruisiez aussi la vôtre ?" J'ai planté mon regard dans celui d'Akiba. Ce n'était plus un jeune homme, ma fille et lui avaient presque quatre-vingts ans, mais il arrivait encore à entraîner dans son sillage toute leur bande d'illuminés.

"Écoute, Haïm, je n'ai pas envie de me bagarrer avec toi, mais si quelqu'un a des raisons d'en vouloir à l'autre, c'est bien moi. Tu nous as fait honte.

À Sharon surtout ! Alors on ne va plus en parler. Demain c'est ton anniversaire, après-demain tu nous quittes pour la Hongrie, viens, allons préparer ta valise et finissons-en." Mon gendre faisait allusion à ce qui s'était passé quelques jours auparavant au cours de leur grand meeting.

Il y avait un monde fou là-bas, incroyable comment ils sont organisés, ces gens-là. Akiba était à la tribune, en plein discours, mais moi, ce que j'ai eu du mal à supporter, c'était Sharon qui, debout à côté de l'estrade, l'écoutait et serrait dans ses bras ses deux petits-enfants, Yonathan et Méïr. Comment associer ma fille à tout ce cinéma ? C'était de la faute de cette Daniella qui l'avait élevée et en avait fait une foutue bondieusarde au lieu de lui donner une bonne paire de baffes. Moi, aujourd'hui, je suis trop vieux pour distribuer des baffes à qui que ce soit. Et ce qu'ils ont osé dire à ce meeting ! Je me souviens d'une époque où même penser de tels mots était interdit, alors les prononcer en public ! Dire qu'ils ont transformé en traîtres tous les Israéliens qui quittent le pays des Juifs et se réinstallent en diaspora, les courageux en Europe, les trouillards aux États-Unis. On pourrait qualifier ça d'exil volontaire. Oui, la troisième dispersion du peuple juif est une dispersion volontaire, plus besoin des Babyloniens ni des Romains, cette fois, nous nous exilons nous-mêmes de nous-mêmes.

"Nous ne les laisserons pas détruire notre pays. Parfait, qu'ils s'en aillent ! avait lancé Akiba sous les acclamations de la foule. Demain, le soleil se lèvera comme d'habitude et enfin nous pourrons vivre dans le pays que nous appelions de nos prières.

Un pays où on ne s'excuse pas. Les traîtres n'ont qu'à s'en aller et ainsi, avec l'aide de Dieu, ne resteront que les vrais Juifs. Partez donc pour Europe, pour l'Amérique ! L'État des Juifs n'a pas besoin de vous !

“Le père de ma femme, Haïm, a survécu à la Shoah. Il a fui les nazis en Europe et s'est réfugié ici. Depuis, il vit parmi nous et jamais il ne retournera vivre là-bas ! Il restera sur sa terre, au sein de son peuple sacré ! Gardons-nous bien de cette nouvelle assimilation !”

“Akiba !” ai-je lancé dans sa direction.

“Le voilà ! Applaudissements pour Haïm, s'il vous plaît ! Viens, Haïm, viens me rejoindre à la tribune, que tout le monde puisse te voir !”

Le public exultait. Moi, j'étais assis au cinquième rang, de côté, et j'ai soudain bondi sur mes pieds, comme un jeune homme.

“Akiba, je ne reste pas. Je m'en vais moi aussi en Europe.”

La vérité, c'est que jusqu'à cet instant, je ne l'avais pas envisagé. Je n'avais pas du tout l'intention de partir. En tout cas pas jusqu'à ce que, devant cette foule d'excités, je l'entende mentionner mon nom et décider pour moi, de surcroît ! Un silence s'est instauré, à peine troublé par quelques rires gênés.

“Je ne reste pas. Vous n'êtes qu'une bande de tarés. Vous avez tout détruit ici”, ai-je repris.

Médusée, Sharon m'a lancé un regard affolé puis elle a commencé à s'avancer vers moi.

Un cri fusa du public : “Va-t'en en Europe, traître !”

Quelques personnes applaudirent mais la majorité restait simplement très embarrassée.

“Haïm, il me semble que tu es un peu perdu… on en reparlera à la maison.” Akiba, dans le micro, essayait de calmer le jeu.

“Papa, viens.” Soudain, j’ai senti que ma fille me tirait par le bras vers la sortie.

“Tu n’aurais jamais dû faire ça à Akiba. Maintenant, tout le monde va savoir que le beau-père du leader est aussi un traître.”

“Je m’en fiche complètement.”

“Tu ne m’as pas dit que tu comptais partir.”

Je me suis arrêté et je l’ai regardée : “Viens avec moi. Ne reste pas ici, dans cet asile de fous.” J’avais du mal à respirer.

“Papa, arrête de tirer, lâche-moi la main.”

Je ne comprenais pas de quoi elle parlait, je ne me rendais même pas compte que je l’agrippais, elle est tombée par terre. Les gens nous observaient, elle s’est relevée et elle a plongé son regard dans le mien : “Viens, partons d’ici.”

“Et si tu venais quand même avec moi, au moins au début, Sharon. Je ne suis plus un gamin, tu sais.”

“Franchement, papa, j’ai six enfants et quatorze petits-enfants. Tu crois vraiment que je vais tout larguer et partir à l’étranger ?”

Excuse valable, mais je savais la vérité : elle restait parce qu’elle faisait partie de cette révolution. Elle et son mari avaient choisi cette vie-là, et en tant qu’épouse d’Akiba, elle ne pouvait pas quitter le pays, fût-ce pour un instant. Que dirait-on, si la femme de leur grand guide émigrait elle aussi ?

"En plus, Haïm, tu seras bien encadré là-bas, accueilli dès ton arrivée en Hongrie. On a tout organisé. Il y a une dame qui va habiter dans l'appartement et s'occuper de toi", intervint mon gendre.

"Tu sais, je n'ai jamais réussi à trouver une femme qui accepte de vivre avec moi et de s'occuper de moi. Il aura fallu qu'au final, ce soit ma fille qui dégote la perle rare. On est tombés bien bas…" On a tous ri en chœur.

"Bon, moi, je vais à la synagogue. Je rentrerai tard."

Akiba m'effleura l'épaule et sortit. Sharon revint s'asseoir à la table en s'essuyant les mains dans un torchon violet. Elle essayait de cacher ses larmes.

"Je ne savais même pas qu'il y avait tant de monde qui émigrait", ai-je dit.

"Je ne connais pas les chiffres exacts, mais on parle de dizaines de milliers."

"Ça en fait beaucoup qui préfèrent s'en aller au lieu de rester. Incroyable ! Combien d'argent ça a dû leur coûter, hein ? Je me demande comment ils se débrouillent ailleurs. Il paraît que c'est plus facile en Amérique. Je les comprends. Ici, on ne peut plus rester. Ils ont tout détruit."

"C'est comme ça, Papa, qu'est-ce que tu veux que je te dise ? Et maintenant, toi aussi, tu t'en vas. C'est peut-être mieux pour toi, tu ne te sentais pas bien, ici, ces dernières années, ça se voyait."

"Qui peut se sentir bien ici ? Vous avez bousillé toutes les bonnes parcelles. Ce pays est devenu quelque chose que nous n'avons jamais imaginé, même dans nos pires cauchemars, quand nous avons immigré."

J'ai soudain compris que je rentrais en Europe plus de quatre-vingt-dix ans après avoir quitté le vieux continent et que j'allais me retrouver dans l'appartement de ma mère, dans ce trou moisi qui avait été le nôtre.

Au moins, tous les salopards du quartier ne sont plus en vie. Je suis certainement le dernier qui reste. Demain, j'aurai cent-huit ans et je serai de retour à l'endroit où je suis né, l'endroit où apparemment je mourrai, sauf si on me prévoit une centaine d'années en plus. Que sommes-nous devenus, ici ? Dans la rue on croise des individus à la triste mine. Je n'ai jamais voulu être un héros, mais voilà que cette vie merdique insiste encore et encore pour que j'en sois un. Je refuse. Que tous les illuminés se regroupent ici. Ils sont tous ultraorthodoxes, extrémistes, eh bien, qu'ils restent enfermés dans leurs pensées, à vivre selon les lois du judaïsme. "Petite surface, grand peuple", comme ils disent. Avant, c'était : "grande surface, petit peuple". Et moi, à cause de tout ce bordel, je dois, à mon âge, prendre mes cliques et mes claques et rentrer en Europe. Quelle humiliation. Je n'ai jamais voulu rentrer, à quoi bon m'être bagarré avec tout le monde ?

"Certains affirment que vous aussi êtes responsables de ce qui se passe."

"Qui, 'vous' ?"

"Tu sais bien, tous les gauchistes qui sont partis rejoindre les Européens."

"Je ne m'y connais pas dans ce domaine."

"Finalement, comme le dit Akiba, vous vous en tirez très facilement, tous autant que vous êtes. Il suffit de vendre son appartement ici, d'en acheter un beau à Berlin, et de vivre tranquille jusqu'à la prochaine guerre. Franchement, ce n'est pas mal du tout, comme solution." Elle sourit.

"Donc, toi aussi, Sharon, tu pourrais venir."

Soudain, je me suis souvenu de la fille du site Shofar d'Israël qui m'avait contacté et devait m'envoyer le lendemain une équipe pour faire un reportage sur mon anniversaire. Ne manquait plus que ça ! Sous prétexte que j'étais la personne la plus âgée dans le pays. Tu parles d'un honneur. Comme si j'y étais pour quelque chose. J'aurais pu mourir au moins deux fois. Six millions ont été assassinés, c'est juste qu'ils n'ont pas eu le temps de me tuer moi aussi avant la fin de la guerre. C'est comme ça. Il y a des choses qu'on ne contrôle pas. Comme par exemple le moment où les Alliés sont entrés en Pologne. Bon, alors maintenant j'y retourne parce qu'on ne peut plus rester ici. Je retourne en Hongrie. Un peu normal, c'est tout de même l'endroit où je suis né, de plus, on nous y accueille à bras ouverts, les appartements sont faciles à trouver et il y a du travail pour les jeunes. Que deviendra Sharon ? Je ne sais pas, j'espère vraiment ne plus être là pour le voir. Demain, je m'envole. Je m'installerai chez moi et j'y resterai, c'est tout. Je veux qu'on me laisse tranquille, je ne peux plus ni écouter, ni penser, ni me souvenir. Stop.

La ville sera certainement grise et pluvieuse, l'odeur de verdure aura persisté aux alentours de l'immeuble. Le taxi me déposera devant le bâtiment. Le chauffeur ne m'aidera pas à atteindre mon étage, ils sont toujours aussi antisémites.

Il ne faut pas s'imaginer qu'on nous aime tout à coup sur le vieux continent, c'est juste que ce genre d'arrangement leur convient, aussi incroyable que ça puisse paraître. Tout ce qui s'est passé, pour que finalement, nous revenions ? Nos cinq mille ans d'existence, c'est à peu près égal à cinquante personnes de cent-huit ans mises bout à bout. Pas tant que ça, si on y pense. Cinquante fois la vie d'un homme, voilà à quoi se résume notre histoire. Sur ces cinquante, peut-être que trente ont fait quelque chose de leur vie. Pour les vingt autres, ça n'a aucun sens. Deux mille cinq cents ans de gâchis, vécus par des gens qui ne se sont pas bien débrouillés. Si on me posait la question à moi, je ne saurais pas dire pourquoi j'ai loupé le coche – pourquoi je ne suis pas resté en contact avec mes parents, pourquoi j'ai abandonné Sharon à sa naissance – j'avais sans doute de bonnes raisons. Les vieilles raisons sont toujours excellentes.

Cette nuit, j'ai rêvé que j'étais à Tel-Aviv et que je faisais visiter la ville à Mikhal, mon arrière-petite-fille – ce qui est intéressant, c'est qu'elle n'avait pas la même allure que dans la réalité. On roulait en voiture, on passait devant la place Habima qui était devenue une sorte de souk, le genre immense bazar à la turque. Là, je lui expliquais : “Tu vois, ici, il y avait un théâtre avant et là-bas, on donnait des concerts.” Elle me regardait sans rien dire. Beaucoup de gens erraient dans les rues, tristes, entre des maisons vides et détruites. De nombreux camions déménageaient des personnes et des biens. Comme après la guerre, sauf que dans mon rêve, c'était à Tel-Aviv. On passait devant mon ancien immeuble. Tout avait été rasé et remplacé par d'autres constructions et on voyait aussi beaucoup d'Arabes en keffieh, certains étaient très gentils, ils nous souriaient et nous saluaient de la main. Je lui racontais que j'avais habité ici, elle ne parlait toujours pas, ne réagissait pas. On continuait à rouler jusqu'à la promenade qui surplombe la mer, là, il y avait de nombreux bateaux surchargés d'armoires, de vêtements, de canapés, de cartons, les gens y embarquaient leurs affaires et revenaient sur la plage. Le soleil chauffait la ville, il traversait les maisons vides, un immense rayon de lumière passait d'une fenêtre à l'autre, d'appartement en appartement sans qu'aucun feuillage ne puisse l'arrêter. Les arbres eux-mêmes étaient courbés et desséchés.

Je ne me suis jamais occupé de politique, mais maintenant, c'est bien à cause de la politique que je vais devoir revenir dans l'appartement pouilleux de mon enfance. Ça, je ne peux pas le pardonner. En plus, avec qui est-ce que je reviens ? Avec une auxiliaire de vie hongroise qui me servira de nounou, une blonde à gros seins. Qu'est-ce que j'en ai à faire maintenant, j'aurais préféré qu'elle soit sans seins et sans cheveux. Myriam aurait certainement dit que si j'avais été intelligent, eh bien, j'y serais retourné vingt ans plus tôt, ce qui m'aurait permis de vivre quelques bonnes années en Hongrie aux côté de cette nurse. Mon appartement aurait sans doute été moins dégoûtant. Oui, ça aurait pu… Tous les Juifs qui sont restés sur place nous accueillent comme si on revenait dans notre patrie, mais leurs petits-enfants me regarderont droit dans les yeux et me demanderont : “Pourquoi êtes-vous revenus ? Vous n’avez pas tiré la leçon de la Shoah ?”

“Papa !”

“Quoi ?” ai-je sursauté.

“Tu es devenu sourd ?”

“Non, pardon. J’étais perdu dans mes pensées.”

“Sache que si je n’étais pas vieille, j’aurais sans doute choisi de fuir, comme toi. Akiba et moi, c’est de moins en moins facile. On n’est plus des enfants.”

“Je ne fuis pas.”

“Non, ce n’est pas ce que je voulais dire.”

“Et tu n’es pas vieille. Selon une légende, Jésus se promenait un jour dans un champ. Il vit un vieil homme qui construisait une clôture en brindilles. Il lui demanda : ‘Pourquoi construisez-vous votre clôture dans un matériau si fragile ?’ Et le vieux de répondre : ‘Je suis vieux, ça tiendra au moins jusqu’à ma mort.’ Depuis lors, Dieu s’arrange pour que l’homme ne connaisse pas son âge.”

“Tu ne fais que me rendre encore plus triste.”

“Tu n’aimes plus Akiba ?”

“D’un côté, j’ai envie de te dire d’arrêter de poser ces questions. À quoi ça rime, à nôtre âge ? D’un autre, je sais aussi que ce n’est pas ce que je ressens. Mon cœur est à Akiba, mais, pendant des années, j’ai aussi eu un peu de sentiments pour quelqu’un d’autre. Il s’appelait Motti.”

“Raconte-moi.”

Sharon sourit. “Ce n’est pas une histoire qu’on raconte à son père”, dit-elle avec embarras.

“Comme si j’étais vraiment un père pour toi”, ai-je renchéri, et on a ri tous les deux.

“Il y a des années, je faisais du stop au carrefour Tapouah. Je pense que Daniel avait quelques mois, je le portais encore dans un kangourou et j’essayais d’arrêter une voiture. De loin, j’ai vu un véhicule blanc avec un type à l’intérieur. Il était très mignon, une grande kippa couvrait sa calvitie. J’ai toujours eu un faible pour les chauves. Bref, il s’est arrêté, m’a demandé où j’allais, et tu sais, papa, à l’instant où j’ai croisé son regard, j’ai tout oublié, même le bébé qui était collé à moi. Je lui ai dit que mon mari travaillait à Kyriat-Moshé mais que s’il me déposait n’importe où dans le coin, ça me serait déjà d’une grande aide. Je suis montée dans sa voiture, je me suis assise à côté de lui, le trajet devait durer peut-être une demi-heure, mais je n’ai rejoint Akiba que deux heures plus tard.”

“Que s’est-il passé ? De quoi avez-vous parlé ?” Elle avait piqué ma curiosité.

“On a évoqué la politique et la situation sécuritaire, il m’a raconté qu’il habitait à Tel-Aviv et venait une fois par semaine à Tapouah pour enseigner le dessin. Comme j’étais très intéressée par son travail, je lui ai posé toutes sortes de questions, alors il m’a dit que si j’avais faim et n’étais pas pressée, on pouvait s’arrêter pour grignoter quelque chose. Je me suis alors écriée : ‘Je savais bien que cette kippa était un leurre !’, et il a répondu : ‘Oui, *oye*, j’ai oublié de l’enlever. Les gens ici tiennent à ce que j’en porte une. Je pense que c’est pour leurs enfants.’ Il a continué en me parlant de sa peinture, des cours qu’il était obligé de donner pour financer sa carrière qui ne décollait pas. Il avait une copine à Tel-Aviv, a-t-il aussi précisé en baissant les yeux, ce qui ne m'a pas échappé. J'avais beau penser à mon fils accroché à moi, à mon mari qui m'attendait, j'avais envie de coucher avec lui. Il a continué à me raconter sa vie, mais moi, je ne pensais qu'au fait qu'Akiba et moi, on n'avait pas fait l'amour depuis pas mal de temps. Et tout à coup, il m'a demandé : 'Vous ne croyez pas qu'il a faim ?', il parlait du bébé qui avait commencé à couiner. Il avait raison, mais tu sais à quoi j'ai songé ?"

"À quoi ?"

"La seule chose qui m'est venue à l'esprit à cet instant, c'est que je regrettais d'avoir tiré mon lait le matin même, sans quoi j'aurais été obligée de donner le sein à Daniel devant lui. Cette pensée m'a profondément remuée."

"Tu aurais dû donner le sein à Motti." Soudain, je me suis remémoré Margalit.

"Ne sois pas idiot."

Sharon interrompit le fil de mes souvenirs.

"Comment ça s'est terminé ?"

"Après avoir essayé d'occulter ces terribles fantasmes, je lui ai dit qu'en tant que femme mariée, je n'étais pas censée aller au restaurent avec un étranger au milieu de la journée. J'ai rougi, ri d'embarras, pendant ce temps, Daniel continuait à téter son biberon et me scrutait de ses yeux curieux. Je peux jurer qu'il y avait quelque chose dans son regard, comme s'il ne reconnaissait plus sa mère. Ensuite, Motti m'a déposée à Karmé-Moshé. Mais devine quoi..."

"Quoi ?"

"Quand j'ai retrouvé Akiba, tu sais ce qu'il m'a dit ? 'Si je comprends bien, tu n'as pas eu le temps de te couper les cheveux !' Il m'a dévisagée avec une expression méprisante et il a aussi ricané. Depuis, chaque fois qu'il ricane, il me dégoûte."

Elle me raconta encore toutes sortes de choses. Nous n'avions pas eu beaucoup de discussions de ce genre, et à ce moment-là, je sus qu'on n'en aurait plus. Elle me parla un peu de ses premiers jours passés en caravane, quand ils avaient décidé de s'installer dans les Territoires et m'expliqua que depuis, les lamentations des chacals et le crépitement des transmissions radio de l'armée la stressaient terriblement. En fait, après leur mariage, ils avaient d'abord vécu à Jérusalem, mais Akiba voulait absolument s'installer en Cisjordanie et elle, qui était très amoureuse – peut-être l'était-elle encore –, n'avait pas voulu lui mettre des bâtons dans les roues. Leur mariage avait été une belle cérémonie, modeste, comme l'a décrite le grand-père d'Akiba, décédé depuis plus de dix ans maintenant. Il paraît que tout directeur de yeshiva qu'il était, il avait reçu un coup de massue en lisant la lettre du grand rabbin Schteirmel, jamais il n'aurait cru que ce grand sage puisse réagir sur un tel sujet. En termes très précis, sans un mot de trop, le grand rabbin n'avait évoqué aucun point lié à la religion, il avait simplement demandé à son ancien secrétaire d'oublier toute l'histoire passée, ajoutant que Sharon était carrément une princesse et qu'elle serait une merveilleuse épouse pour Akiba. Parfois la nuit, juste avant de s'endormir, me raconta encore Sharon, elle repensait à l'étrange rencontre de sa grand-mère et de Schteirmel, à Harnaka. Elle souriait toute seule rien qu'en revoyant ces deux petits vieux qui, après des dizaines d'années où ils ne s'étaient pas revus, se regardaient avec des yeux de merlans frits, ne se tendaient pas la main, ne se prenaient pas dans les bras, restaient comme ça, face à face, à se fixer.

"Il y a quelque chose, dans ce moment, qui m'a émue, et peut-être qu'aujourd'hui, c'est encore plus actuel que jamais, dit-elle. Je me souviens très bien du voyage en train de Budapest à Harnaka, je n'ai oublié aucun détail. Parfois, je me demande si Akiba aurait fait autant d'efforts pour moi. Est-ce que lui aussi aurait remué ciel et terre pour m'épouser ?"

17

Une fois entrée dans le bureau du grand rabbin, ma mère referma la porte derrière elle. Ma fille et moi nous étions restés à l'extérieur, assis sur un banc dont le bois était si nervuré qu'à chacun de mes mouvements, il se fendait et des petits copeaux s'accrochaient au tissu de mon pantalon. Sharon me dit qu'elle était très fatiguée. Elle appuya la tête contre le mur. Effectivement, elle avait l'air épuisée.

"Repose-toi, je te réveillerai quand ta grand-mère sortira."

Elle sourit et ferma les yeux. Intéressant à quel point elle ne ressemblait pas à Yaël, n'avait pas hérité de son teint mat. En fait, Sharon avait l'air d'être la fille que j'aurais pu avoir avec Myriam. Au bout d'une demi-minute à peine, la porte du bureau s'entrouvrit, juste une fente qui donnait accès au monde enfermé à l'intérieur. Apparemment, ma mère voulait que j'entende la conversation, déjà entamée, et avait fait ce qu'il fallait pour.

"Je me souviens de cette photo, bien sûr, c'est ton frère qui te l'a donnée à notre mariage", dit-elle.

Le mot de mariage me fit mal.

“Et sur celle-là, tu vois mes parents ? Ce qui est magnifique, c’est ma mère, elle s’est juste retournée à ce moment-là, tu te souviens pourquoi ?”

“Bien sûr. Parce que la chaise de ta grand-mère s’est cassée et que la pauvre est tombée par terre.”

Ils rirent de bon cœur. Étrange d’entendre ma mère rire, et plus encore, de l’entendre se souvenir de choses dont j’ignorais l’existence.

“Dis-moi, ça fait combien de temps que tu es veuve ?”

“Soyons clairs, Simon, je ne suis pas venue pour papoter. Nous avons besoin que tu aides ma petite-fille.”

“Comment avez-vous planifié votre fuite ? D’ailleurs, quand vous êtes-vous retrouvés ?”

“Oh, Simon, franchement, laisse tomber.”

“Je veux savoir, j’en ai le droit.”

“Le droit de quoi ? De savoir ?” Elle commençait à s’énerver.

“Tu m’as abandonné, comprends-le. Pendant des années, je n’ai eu de cesse que de me demander ce que j’avais mal fait. Pendant la guerre, je n’ai pas eu de vos nouvelles, je ne savais même pas si tu avais survécu.”

“Comment as-tu réussi à te remarier ?”

“J’ai dit que tu étais morte. Après la guerre, on a reçu de nombreuses demandes de certificats dans ce sens et on n’a pas pu tout vérifier. Je me suis arrangé pour que tu sois déclarée morte. Et en tant que veuf, j’ai pu me remarier.”

Il y eut un silence dans la pièce. Pendant de longues minutes, aucune parole ne fut échangée. Peut-être ai-je entendu un sanglot, pas sûr.

“Et tu n’as pas eu la curiosité de chercher à savoir la vérité ?”

“Un peu plus tard, j’ai appris que vous vous étiez installés à Budapest. Je me suis demandé quoi faire, mais j’étais déjà remarié. Et puis, à quoi bon ruiner ta vie ? Ma femme n’a pas pu avoir d’enfants, alors quand j’ai appris que vous en aviez eu un, tu sais, au fond de moi, j’ai senti que c’était aussi un peu le mien.”

“Le tien ? Qu’est-ce que tu racontes ?”

Je me suis redressé sur le banc, tout ouïe, à guetter chaque mot qui serait prononcé.

“Haïm aurait dû être mon fils !” dit-il d’une voix sèche.

“Vous n’avez pas eu d’enfants ? demanda ma mère après un court silence. Haya n’est jamais tombée enceinte ?”

“On n’a pas réussi. Dieu n’est pas toujours prêt à y mettre du sien.”

“Je ne savais pas. Bon, c’est normal, on n’était plus en contact.”

“Oui, bien sûr. Comprends juste que Haïm, c’est la chose la plus proche d’un fils que j’aie jamais eue.”

“C’est comme ça que tu le prends ? Alors là, franchement, je ne sais pas quoi dire...”

“Je voulais un enfant de toi. Ce qui n’a pas changé après que tu es tombée amoureuse de Yossef. Et ce fils est le tien pour moitié. Ça me suffit.”

“Tu continues dans ce délire ? J’espère que tu es conscient que ça n’a rien à voir avec la réalité. Dans quel monde est-ce que vous vivez tous, ici ?”

Il me semble avoir entendu ma mère se mettre debout, peut-être voulait-elle en finir avec cette scène complètement surréaliste.

“Tu me demandes si c’est comme ça que je le prends ? Eh bien oui, je le prends comme ça.”

“Bon, et on fait quoi maintenant ? Tu veux que Haïm vienne t’embrasser en t’appelant ‘papa, papa’, et en contrepartie, tu nous donneras une lettre pour Sharon ?”

“N’exagérons rien, il ne s’agit pas de ça.”

“Vraiment ? Alors, vas-y, dis-moi ce que tu veux. Je te connais, c’est toujours donnant-donnant avec toi. Donc dis-moi ce que tu veux, je t’écoute.”

“Épouse-moi.”

“Quoi ?”

J’eus du mal à m’empêcher de foncer dans le bureau.

“Marions-nous. Nous sommes tous les deux veufs et vieux, on peut au moins ne pas être seuls. En plus, on a déjà été mariés.”

“Et puis, si tu m’épouses, tu seras le beau-père de Haïm, à défaut d’être son père, n’est-ce pas ?”

“Et alors, où est le problème ? Ça te gène tant que ça ? Sache que ce n’est pas la seule raison, mais pourquoi est-ce que ça te dérange autant ?”

“Ça ne me dérange pas, c’est juste insensé. Que toi, un homme de quatre-vingt-dix ans, le grand rabbin de sa communauté, tu parles encore comme un gamin de trente ans !”

“Tu sais, le jour où vous êtes partis, toi et Yossef, je me suis réveillé et je suis allé à la synagogue. Je n’oublierai jamais l’office de ce matin-là. Tout était différent, chaque mot était différent. Je t’ai imaginée enceinte et pendant quelques heures, j'ai été heureux pour toi."

"Je ne savais pas que tu m'aimais à ce point."

"Vous, les femmes, ne savez jamais rien."

"Tu feras la lettre pour Sharon ?"

Ma mère restait efficace et essayait de ne pas se laisser entraîner dans la folie de Schteirmel.

"Je ferai la lettre pour Sharon, puisqu'elle est ma belle-petite-fille." Ils lâchèrent ensemble un petit rire. "Je tiens à préciser que l'un n'est pas lié à l'autre. J'écrirai cette lettre que tu m'épouses ou non."

"Je vais t'épouser. Et ne dis pas de bêtises, on sait tous les deux que sinon, tu ne l'aurais pas aidée. Mais si je t'épouse, ce n'est pas pour ça non plus."

"Et moi, je ne t'ai pas demandée en mariage en contrepartie de la lettre."

"Ils vont croire qu'on est tombés sur la tête. Et Haïm pensera que sa mère est une pute. Sharon aussi sans doute." Ça, elle le dit tout bas, peut-être pour que Dieu n'entende pas le mot "pute".

"Si tu préfères, je ne lui donnerai pas sa lettre."

Ils rirent à nouveau.

"Je ne sais pas. Est-ce vraiment important ? En revanche, ce n'est pas si mal d'être un peu pute à quatre-vingts ans passés."

"Si tu restes ici cette semaine, je peux demander au rabbin Hananya de nous marier."

"Je reste. C'est exactement ce que tu avais prévu, n'est-ce pas, quand tu as exigé de Haïm de me faire venir ici, à Harnaka ?"

"Je voulais surtout te voir. Tu sais, il ne me reste plus grand monde aujourd'hui." Il se tut puis reprit au bout de quelques minutes : "Si tu veux, je peux te montrer notre ketouba[01]. Je l'ai conservée."

Il se leva lentement et fouilla dans l'armoire derrière lui. "Tu vois, là, c'est la signature de ton père." Schteirmel lui parlait avec beaucoup de tendresse.

"Montre-moi."

J'avais très envie d'entrer et de voir ce document. J'avais aussi envie de les voir tous les deux penchés dessus, mais Sharon se réveilla juste à ce moment-là et me demanda aussitôt ce qui se passait.

"J'ai l'impression que tout est en train d'être réglé, attendons encore un peu."

À l'évidence, ma réponse lui fit plaisir. Elle se sentait soutenue par sa famille. Par moi.

"Quand est-ce que tu penses qu'ils vont sortir de là ? Je n'en peux plus, de toute cette histoire."

"Je ne sais pas. Ils sont dedans depuis combien de temps ?"

"Une heure peut-être ? J'ai froid."

Je lui apportai une veste oubliée sur le dossier d'une des chaises à côté de nous.

"Tu penses qu'il va nous donner la lettre ?"

"J'espère, sans ça, ce sera très dur de fuir. C'est sûr." Mon père regarda ma mère, puis moi et se tut.

"Pourquoi il nous retient comme ça ?"

"Pourquoi ? Parce qu'il peut se le permettre. Voilà pourquoi. De toute façon, Haïm, pour toi, tout est arrangé. Tu partiras demain, pas le choix, et nous te rejoindrons", chuchota mon père.

01 — Document qui fait office de contrat de mariage chez les Juifs.

“Oui, toi, Haïm, tu pars”, ajouta ma mère.

“Mais vous promettez de venir me rejoindre ?” demandai-je.

“Comment ça ? Bien sûr. Qu’est-ce qui pourrait nous retenir ici ? Regarde ce qui se passe au-dehors.” Il se leva et remit en place un livre qui était tombé du rayonnage surplombant la table à manger.

“Tu n’as pas l’air convaincu, papa.” Pour la première fois depuis des années, Sharon m’appelait papa.

“Bien sûr que si, tu verras, tout ira bien et ce connard de rabbin nous donnera ce que nous voulons.”

“C’est drôle de t’entendre dire des gros mots, ici de surcroît, dans le saint des saints.”

Nous avons ri sans bruit.

“Ne fais confiance à personne et ne parle à personne jusqu’à ce que tu sois sur le bateau. Nous avons payé très cher pour t’obtenir ces papiers.” Dans ses yeux, je vis le même regard que lorsqu’il avait tabassé le bedeau, quelques années auparavant, un regard que je n’avais pas oublié.

“Je sais. J’ai peur. Maman, et si je restais avec vous ici ? Je ne connais personne là-bas.” J’ai commencé à pleurer, j’ai même fait une crise.

Il y eut beaucoup de cris, chez nous, cette nuit-là. Mon père essaya de me calmer. Je pouvais compter sur Maurice que je retrouverais à la frontière, m’assura-t-il, ce n’était pas pour rien qu’il était de la famille. Et puis tout à coup, on les a entendus monter dans l’escalier.

“On vient te chercher. Tais-toi.”

“Tais-toi.” Sharon ne voulait pas que je parle afin que je continue à suivre la conversation dans le bureau.

“Tu as l’impression qu’ici, Dieu entend mieux qu’en Israël ?” me demanda-t-elle en souriant. “Et si on rentrait à l’hôtel ? C’est débile de rester là à attendre ! Qu’est-ce qu’ils peuvent bien fabriquer si longtemps ?”

“On doit rester ici. On ne va pas la laisser seule.”

Quelques minutes plus tard, ma mère sortit de la pièce, suivie du rabbin. Ils étaient tous les deux souriants, peut-être même apaisés. Elle me fit un clin d’œil. Je compris qu’on avait gagné, que la précieuse lettre était acquise. Ne nous restait plus qu’à rentrer à la maison et à la donner au grand-père d’Akiba. Elle s’est approchée de nous et a serré Sharon dans ses bras. Moi pas, on en avait perdu l’habitude. Trop d’années s’étaient écoulées depuis les nuits où ce geste nous était familier.

Que n’aurais-je pas donné pour voir la tête du futur, ou plutôt de sa famille, lorsque Sharon leur remettrait la missive par laquelle le grand rabbin l’autorisait à épouser son amoureux. Quelle victoire ! Nous sommes sortis de la yeshiva de Schteirmel, Sharon continuait à se coller à ma mère et à l’embrasser.

“Un grand merci, mamie. Tu m’as sauvée.” Elle avait les larmes aux yeux.

“Allez, le principal, c’est que tout se soit bien terminé.” Elle me lança : “Tu vois que je peux encore servir à quelque chose.”

On se regardait comme deux étrangers.

“Rentrons à l’hôtel, maman, il est déjà tard et on doit s’occuper de nos vols retour.”

“Le voilà qui est pressé. Toute sa vie, il est pressé. Qu’est-ce qui t’inquiète tellement ? Tu veux en terminer ? Alors je te le dis : quoi que tu fasses, à la fin, on en aura terminé. Te voilà rassuré ?”

“Je ne suis pas pressé, maman, je pense juste que Sharon vient de vivre une journée très intense et ce serait peut-être bien qu’on aille tous dormir. Demain est un autre jour.”

On a continué à marcher et quand on est arrivés à l’hôtel, les deux femmes ont voulu s’installer un peu dans le lobby.

“Bon, dans ce cas, on se commande quelque chose ?”

Je n’avais rien avalé depuis le matin.

“Je ne prendrai qu’un thé.” Ma mère se tourna vers moi : “Je te conseille de prendre la même chose, c’est bon pour toi, le thé.” Elle ne voulait pas que je mange dans cet endroit qui n’était pas kasher.

“Tu te souviens de la fois où papa a proposé du thé à nos deux rouleaux de la Torah ?”

“Évidemment.”

“Jamais ils n’auront été aussi choyés que chez nous.”

“Et si tu rentrais avec nous en Israël, mamie ?” demanda Sharon avec un courage qui me laissa pantois.

“Moi ? Comment veux-tu ? Je vais bientôt me marier.”

Dire que j’avais l’intention de le cacher à ma fille !

“Quoi ?” ai-je lancé, comme si je n’étais pas au courant, tandis que Sharon essayait de masquer un fou rire qui menaçait d’exploser.

“J’épouse Schteirmel. Qu’est-ce que vous croyez ? Tout se paie.”

“Ah ça, non ! Tu ne m’en feras pas porter le chapeau, et encore moins à ma fille. Si tu ne veux pas, tu n’es pas obligée de nous aider. Nous ne sommes pas responsables de tout ce qui t’arrive, tu sais !” Je me suis mis à trembler.

“Calme-toi, c’était une blague.” Ma mère tendit la main à Sharon qui riait comme une folle.

“Mais toi, mamie, est-ce que tu le veux vraiment ?”

Elles échangèrent des regards de connivence.

“Je suis seule depuis des années et il est veuf. En plus, dans le temps, il m’a beaucoup aimée. Maintenant, il a juste envie de mourir apaisé. La vérité, moi aussi. C’est mieux de mourir à deux. Sans compter qu’il n’a jamais annulé notre mariage. Il a gardé la ketouba tout en tentant de m’oublier. Yossef disait qu’on ne pouvait pas choisir ce qu’on oubliait. Tu t’en souviens, Haïm ?”

“J’ai besoin de temps pour réfléchir.” Je me suis levé et j’ai pris la direction des toilettes. Quand je suis revenu, mon père n’était plus de la même humeur.

“Demain, je rentre en Hongrie. Quel procès de merde. Ta mère m’attend là-bas. Et toi, pourquoi tu ne viendrais pas avec moi ?” La politesse, dans la famille, ça fait mal.

“Ce serait plus logique que vous veniez en Israël au lieu de rester là-bas au milieu de tous ces antisémites.”

“Tu veux qu’on parle de mon témoignage ?” essaya mon père.

“Qu’est-ce que je pourrais te dire ? C’est trop. Je ne sais même pas par où commencer.”

Ma mère secoua la tête de droite à gauche, ma fille voulut répondre, mais je l’en empêchai.

“Sharon, tu as l’air contente de cet arrangement. Peut-être devrais-tu envisager une carrière de marieuse ?” ai-je dit en haussant la voix.

“Laisse-la tranquille. Ça te ne regarde pas. Rien ici ne te regarde. Et tu n’as pas droit à la parole, tu m’entends ?” À présent, on avait presque le même âge, ma mère et moi. Il fut un temps où la différence était significative, plus maintenant.

“Sur qui est-ce que tu cries exactement ?” J’ai vu que Sharon était abasourdie et je me suis aussitôt tourné vers elle. “Écoute, ça n’a aucun rapport avec toi et d’ailleurs je ne sais pas avec quoi ça a un rapport. Maman, s’il te plaît, arrête.”

De la main, je fis signe au serveur qui arriva : “Que voudriez-vous boire ? Peut-être manger quelque chose ?”

Il était plutôt joli garçon.

“Alors, Haïm, tu commandes quelque chose ?”

“Oui, j’ai faim. Je prendrais bien une escalope panée. Elle est bonne, chez vous, l’escalope panée ?”

Mon père me regarda, interloqué : “Une escalope panée ? C’est kasher ici ? Haïm, tu ferais mieux de prendre du poisson ou quelque chose comme ça.”

“Papa, fous-moi la paix avec toutes vos conneries.” C’était un peu tard pour m’éduquer !

“Pour moi, juste de l’eau”, demanda-t-il.

Le serveur resta un instant à hésiter : devait-il nous laisser, rester ou dire quelque chose ?

“Pour moi, juste un verre d’eau.” Même à ça, ma mère n’aurait normalement pas touché, mais elle devait crever de soif.

“Moi aussi, je prendrai de l’eau.” Sharon préféra l’imiter, maintenant que sa grand-mère était femme de rabbin, impossible de tergiverser.

“Et moi, je prendrai le goulash. Il est bon, chez vous, le goulash ?” Comme le hongrois coulait sans la moindre difficulté de ma bouche !

“Et je vais aussi devoir me trouver une robe.”

Les deux femmes éclatèrent de rire.

“Haïm, tu récupèreras mon appartement. Et tu ne le vendras pas avant ma mort, d’accord ?”

“Qui aurait envie de l’acheter ?” Je ne voulais pas qu’elle meure.

“Allons, on trouve des clients pour tout. Mais attendez un peu après ma mort. Sharon, tu pourras prendre tout ce que tu voudras dedans. Ensuite, vendez-le. Ne le gardez pas. De toute façon, tu n’en voudras pas, Haïm, je le sais.”

“Je te promets de le vendre. Ce sera la fin de la saga.” Il était temps que quelqu’un y mette un terme.

“Dis-moi, mamie, comment vous en êtes arrivés là ? Il t’a dit quoi, le grand rabbin ?”

“Qu’il était seul. Il m’a un peu raconté comment il a vécu ces dernières années. En réalité, c’est moi qui lui ai demandé s’il voulait m’épouser.”

Je savais qu’elle mentait, mais j’ai vu que Sharon était très émue par cette histoire, alors quelle importance que ce soit la vérité ou non ?

Je les ai laissées discuter ensemble et je les ai observées. Il y avait là une femme avec qui j'avais des relations de plus en plus ténues, et pas seulement à cause de ce qui s'était passé. À un certain âge, c'est sans doute un phénomène naturel, on commence à se détacher de ses parents pour éviter, le moment venu, trop de surprises et de drames. Oui, arrive un moment où il faut prendre ses distances pour que ça fasse moins mal. Pour qu'on puisse continuer. Et il y avait, à côté d'elle, une autre femme, avec qui, précisément, j'avais commencé à briser les obstacles et à réduire la distance. Toutes les deux se liguaient à présent pour obtenir quelque chose qui n'avait aucun rapport avec moi.

“Maman, tu vas vraiment l'épouser ? À votre âge à tous les deux ?” J'eus une grimace embarrassée.

“Je ne te demanderai pas d'assister à mon mariage.”

“Moi, je veux venir, l'interrompit Sharon. Et papa aussi. Il est juste énervant !” Elle me couvrait, oui, ma fille m'empêchait de me défiler.

“Alors félicitations, *mazal tov* !” Je me permis un sourire un peu mauvais.

“Et quand est-ce que vous viendrez en Israël ?” J'essayais de masquer la douleur qui menaçait d'exploser à tout instant.

“Dimanche. Haïm, ne t'inquiète pas, on se retrouvera.” Mon père énonçait à haute voix ce que je n'osais pas me permettre de ressentir.

“Ne dis pas ça. Pour l'instant, on se sépare. C'est tout. Qui vivra verra.” Ma mère, elle, préférait se montrer réaliste.

“Eh bien moi, je vous rechercherai dès que je le pourrai.” On s’est serrés très fort dans les bras, c’était un adieu.

“Haïm, ne viens surtout pas au mariage.” Ma mère ne s’était pas laissé avoir par la tentative de Sharon. “Tu ne trouves pas qu’il aurait pu être un peu plus romantique, ton Akiba ?” Les revoilà toutes les deux à l’unisson.

“Oui, mais bon, tu sais, il est jeune et très timide. Il ne sait pas comment parler avec une fille.”

“Le principal, c’est que vous vous aimiez. Ne pas perdre son temps sans amour”, ai-je ajouté, mais je n’ai pas l’impression d’avoir été entendu.

“Oui, je l’aime beaucoup.”

“Il a vingt ans, tu dis ? Que vas-tu faire avec lui, c’est un gamin !” Le rire de ma mère se termina en quinte de toux.

Je tentai un trait d’humour : “Tu crois que c’est donné à tout le monde de se trouver un grand rabbin bien mûr ?”

“Ce n’est vraiment pas drôle.”

Et les voilà, comme je l’avais senti, liguées contre moi. Toutes les deux. C’était bien, Sharon se rapprochait d’elle, et j’ai pensé : mieux vaut tard que jamais.

“Comment était papa quand il était petit ?” Soudain, ma fille changea le cours de la soirée.

“Maman, ne réponds pas. Sharon, ce n’est pas le moment de parler de ces choses-là.”

“Eh bien, ton père a été un enfant qui n’a pas eu de chance.”

Cette réponse m’a sonné.

“Il a grandi dans une famille très aimante. Ton grand-père l’aimait beaucoup. C’est cette guerre qui a tout détruit. Moi, je voulais qu'on aille le rejoindre en Israël, mais Yossef ne pouvait pas vivre là-bas à cause du procès Kastner. Aujourd'hui, ce passé n'a plus d'importance. Je ne sais même pas si quelqu'un s'en souvient, d'ailleurs. Ce qui est sûr, c'est maintenant, ça n'a plus aucun sens. Tiens, regarde, même moi, je finis par épouser Schteirmel, qui l'eût cru ? Certainement pas moi. Le pauvre Yossef se retourne sûrement dans sa tombe, mais moi, je me retourne seule dans mon lit depuis trop longtemps."

J'en suis resté bouche bée, incapable de parler. Ma mère était triste, je le voyais à son expression. C'était la conversation la plus sincère qu'on n'avait jamais eue ensemble sur mon enfance.

"Ton grand-père n'avait pas du tout le sens des affaires. C'était un grand sentimental, continuait-elle. Un jour, il est rentré à la maison, dans notre petit appartement. Tu t'en souviens, Haïm ? Celui qu'on avait reçu pour quelques mois de tante Esther quand elle est partie en Amérique. Ta tante était partie avec son mari, un chercheur en quelque chose, oui, ils sont allés en Amérique. Et ils y sont restés. Vous voyez ce que c'est que la chance ? Du coup, nous, on a habité dans leur appartement en attendant de trouver quelque chose à acheter. Et un jour, Yossef rentre à la maison et m'annonce qu'il a dégoté exactement l'endroit dont on avait besoin. Je me suis tout de suite réjouie. C'était en trente-cinq, peut-être en trente-six ? Haïm avait cinq ou six ans... Quoi qu'il en soit, c'était un jour de semaine, mais on a mis nos habits de shabbat, on a aussi habillé joliment notre petit garçon et on est allés voir l'appartement et rencontrer le vendeur pour éventuellement conclure l'affaire. Sauf que quand on est entrés dedans, j'ai cru que j'allais m'évanouir. C'est vrai qu'on n'avait pas énormément d'argent, c'est aussi vrai que beaucoup de propriétaires refusaient de vendre à des Juifs... mais jamais je n'avais vu un tel taudis ! Et ton grand-père ? On aurait dit qu'il contemplait l'Hermitage. Ses yeux scintillaient. 'Ici, on mettra la table, et là ce sera ta chambre, Haïm, et ici tu cuisineras, Sophia, alors, qu'en dis-tu ? C'est une sacrée trouvaille, non ?' J'ai cru qu'il était devenu fou, alors j'ai essayé de lui faire entendre raison sans le froisser et je lui ai demandé poliment : 'Yossef, tu comprends que ce trou ne convient pas à accueillir des êtres humains, n'est-ce pas ?' Et lui, il m'a répondu : 'Bien sûr, tu vois des êtres humains ici ?' L'humour, comme d'habitude. On a acheté cet appartement, et pendant quelques mois, on a vécu dans un chantier parce qu'on devait y faire des travaux et que ton grand-père s'était entêté à s'en charger lui-même. Si bien que jusqu'à aujourd'hui, pour ouvrir l'eau chaude dans la cuisine, je dois couper la chasse d'eau, et pour éteindre la lumière dans la chambre, je dois me relever du lit et aller sur le balcon. Mais tu sais quoi ? C'est super. Quelle importance, d'ailleurs ? Avant, je considérais tout ça comme des désagréments, mais maintenant, ce sont les moments que je préfère, parce que je me sens vivante. Quoi de mieux ? Sache que cet appartement a beaucoup moins de valeur aujourd'hui qu'il y a cinquante ans. Le prix ne fait que baisser. C'est le seul de toute la ville dont le prix est plus bas aujourd'hui qu'avant la guerre." Elle rit de bon cœur, Sharon et moi aussi, très bruyamment.

"Bon, je vais dormir. On se retrouve au petit déjeuner ?" ai-je essayé de conclure.

"Oui, moi aussi, je commence à être fatiguée. À demain matin."

On est montés dans nos chambres. En fait, je n'avais pas du tout sommeil. Je suis ressorti de l'hôtel et j'ai tourné à droite. Pourquoi à droite ? Aucune raison particulière. Je cherchais un club où je pourrais boire une bière et palper les seins de quelque danseuse hongroise antisémite. J'ai poursuivi dans la rue qui montait et suis arrivé à une fourchette un peu bizarre. Là, j'ai de nouveau dû choisir, cette fois j'ai décidé d'aller à gauche et j'ai vu, un peu plus loin, clignoter un panneau rouge sur lequel était écrit : OUVERT. Je me suis aussitôt senti rasséréné rien qu'à imaginer les filles superbes qui se trouvaient certainement à l'intérieur.

J'ai frappé à une grande porte en bois, un homme assez âgé et assez petit – en tout cas moins grand que la normale et que mon fantasme – m'a ouvert. Il m'a demandé ce que je voulais, je lui ai expliqué, il m'a laissé passer, je me suis retrouvé au milieu de créatures effectivement très belles et au bout d'une heure environ, j'ai demandé à l'une d'elles de me suivre dans une chambre. Avant d'accepter, elle est allée s'assurer de l'aval du patron, que j'ai dû convaincre avec l'aide de quelques dollars glissés dans sa main.

On est entrés dans une belle pièce proprette, avec un lit double. Elle a tout de suite commencé, m'a déshabillé, a fait de même puis, sans la moindre hésitation, elle a pris mon sexe dans sa bouche. Au moment où je me retrouvai sur elle, juste avant que je jouisse, une horrible pensée me traversa l'esprit : je me suis demandé si ma mère serait obligée de remplir son devoir conjugal malgré l'âge avancé des deux époux. Après toutes ces années passées seule, se souvenait-elle seulement que ça existait ? Saurait-elle quoi faire ? Et ce rabbin – il m'avait l'air d'être un beau salaud –, sûr qu'il exigerait d'elle qu'elle lui fasse des trucs sans qu'il soit lui-même capable de bander. C'est à peu près à ce moment-là que j'ai éjaculé. Jamais je ne serais arrivé à mes fins sans les magnifiques seins qui se balançaient sous mes yeux et la peau de velours au pouvoir hypnotique de ma partenaire, qui resta allongée sur le lit, à fixer le plafond. Je lui embrassai l'épaule, elle eut un petit rire et dit : "À quoi tu penses ?"

"Que tu m'as fait beaucoup de bien. Que tu es très belle. Tu veux venir vivre en Israël ?"

"Tu es rigolo. Donc, tu es juif ?" Elle reprit ma queue dans sa main.

"Évidemment, quoi, tu crois qu'on vit là-bas pour le plaisir ?"

Cette fois, elle éclata carrément de rire, puis reprit : "Bon, assez... Promets-moi qu'on se reverra au moins une fois avant de mourir."

"Promis."

"Parfait, quand alors ?" Elle était un peu ridicule, mais intéressante.

"Je ne sais pas quand. Je ne sais pas."

"Et qu'est-ce que je ferai, moi, en Israël ? D'abord, c'est où, exactement, ce pays ?" Qu'est-ce qu'elle était mignonne ! Une poupée, jeune et paumée.

"On n'aura qu'à simplement se marier. Tu t'appelles comment ?"

"Véra. C'est mon vrai nom. Mais ne dis pas que je te l'ai donné. Ils n'aiment pas trop qu'on donne notre vrai nom."

"D'accord. Et toi, penses-y. Si tu veux, je t'épouse."

18

Il y a du bleu gris et du bleu rouge. Comme la fameuse Hanna Cash, que je n'ai jamais rencontrée. Que j'aurais tellement aimé rencontrer. Elle non plus n'a pas su choisir ses hommes, ce qui lui a finalement coûté la vie. Mais ses yeux... ce sont ses yeux que j'ai cherchés toute ma vie. Et ce jour-là, la mer avait la couleur des yeux de Hanna Cash, bleu-rouge et bleu-gris. Même s'il est impossible de voir suffisamment loin, on peut deviner quand la mer est agitée rien qu'à sa couleur, quand elle se déchaîne dans ses profondeurs ou au grand large. Bien sûr, elle ne partage pas les raisons du phénomène avec nous, nous qui ne voyons que la surface, la surface de la mer. Il faisait encore clair, le soleil n'avait pas totalement disparu et la mer n'était pas calme. Sharon avait tellement insisté que j'avais fini par accepter. Alors voilà, j'allais quitter mon appartement du Kerem HaTeimanim, là où j'avais vécu plus de soixante ans, et je m'installais dans une résidence du troisième âge. À quatre-vingt-dix ans, on n'est plus un jeune homme et ma fille ne voulait pas que je reste seul chez moi. J'ai donc quitté mon nid douillet un lundi de la mi-juillet. Avec une valise à roulettes très pratique dans laquelle j'avais mis toutes mes affaires. C'était Yoav, mon arrière-petit-fils tout juste incorporé dans l'armée, qui me l'avait apportée. Et je n'avais pas grand-chose à prendre avec moi, puisque je laissais mon attirail ménager – tout étant fourni dans ma nouvelle résidence. J'ai refermé la porte derrière moi et je suis descendu jusqu'à la mer. Qui sait, c'était peut-être la dernière fois que je me promenais dans Tel-Aviv. Le décor avait beaucoup changé depuis que j'y étais venu avec Yaël, tout avait pris des allures très professionnelles, comme si le littoral n'était déjà plus partie intégrante de la nature.

Sous un ciel sans nuages, il y avait encore quelques personnes étendues sur la plage, les derniers bronzeurs de l'été. Les filles me regardaient sûrement en pensant : comme il est vieux, celui-là ! Non, en réalité, c'était moi qui pensais : comme elles sont jeunes, celles-là ! Je me suis assis sur une des chaises appartenant au restaurant d'à côté et plantées dans le sable. On me connaissait là-bas. À ma droite, il y avait une charmante demoiselle allongée sur le ventre, qui dormait si profondément qu'apparemment elle ne s'était pas rendu compte que le soleil était déjà très bas. Sans doute avait-elle gardé la chaleur accumulée au cours des heures précédentes. Son pied droit avait l'air d'être tombé de très haut, tandis que le gauche s'enfonçait un peu, comme s'il s'accouplait au sable froid caché à quelques centimètres sous la couche brûlante. À peine m'étais-je assis qu'un petit oiseau vint se poser à côté de moi. Il bougeait rapidement la tête dans tous les sens. Les gens pensent que les oiseaux pépient, mais en vérité, la plupart sont silencieux. Bien sûr, certains gazouillent, mais combien ne le font pas ? Des millions. Et d'ailleurs, ce ne sont peut-être pas des gazouillis mais des cris ? Nous nous exclamons : “Oh, regardez comme il est mignon, cet oiseau, cui-cui-cui !”, alors que lui est en fait en train de nous raconter quelque anecdote vue au cours de sa migration. Peut-être même essaie-t-il de nous communiquer les raisons du mutisme de ses congénères ? Oui, tous ces oiseaux qui ne disent rien, j'aimerais bien savoir ce qu'ils pensent de ceux qui ne cessent de pépier.

La mer a commencé à bruisser, il y a toujours un moment de la journée où la mer se met à bruisser, quand le soleil est presque couché et qu'elle se prépare, elle aussi, pour la nuit. Entre-temps, la fille allongée sur le sable s'était retournée, elle regardait l'horizon, quelques années plus tôt, je l'aurais ramenée chez moi. Elle m'a souri et je lui ai souri en retour. Au bout de quelques minutes, elle a pointé un doigt vers le petit oiseau qui était toujours à côté de moi : “Avez-vous déjà remarqué que tous les oiseaux ne pépient pas ?”

“Pardon ?” Je n'en revenais pas.

“Vous savez, il y en a qui pépient, mais j'ai l'impression que la plupart non, que la plupart se taisent.”

J'hésitai à lui dire qu'une minute auparavant, je m'étais fait exactement cette réflexion. Comment expliquer que nous ayons tous les deux songé à la même chose ? Du coup, je lui ai demandé : “Que pensez-vous qu'ils disent, ceux qui pépient ?”

“Selon une croyance bouddhiste, si un oiseau s'arrête à côté de vous et se met à gazouiller, c'est qu'il vous transmet le message d'un proche disparu.”

“Comment savoir de qui ? Ou quelle est la teneur du message ?”

“C’est bien là toute la question : on ne peut pas savoir. Parce que sinon, ce ne serait rien de plus que du spiritisme bas de gamme.”

“Vous êtes bouddhiste ?”

“Non. Enfin, je ne sais pas... pas tout à fait. Je suis rentrée d’Inde récemment et j’essaie de me réhabituer au rythme de ce pays.”

“Mais alors comment est-ce que je peux tout de même tenter de comprendre d’où vient le message apporté par cet oiseau ?”

“Vous devez ressentir quelque chose. C’est ce que dit la croyance : lorsque l’oiseau pépie, vous ressentez quelque chose. Sauf que tout le monde n’est pas capable de se connecter à ce qu’il ressent, d’ailleurs la majorité des gens ne sont pas conscients du flux de leurs émotions. Mais il a laissé en vous un signe, cet oiseau. C’est sûr.”

“Vous avez quel âge ?”

“Moi ? Vingt-trois ans.”

“Nous avons soixante-sept ans de différence.”

Elle a relevé les commissures de sa bouche pour indiquer qu’elle était impressionnée, puis elle m’a demandé : “Savez-vous quel livre a le plus d’influence sur l’humanité ?”

“Non, lequel ?”

“L’agenda. Les gens ne se préoccupent que du temps qui passe, des jours, des semaines, des mois et des années.”

Elle se mit debout et s’étira un peu. De nombreux grains de sable se détachèrent de sa mince silhouette pour revenir dans le giron de leurs frères au sol. Ses cheveux étaient si emmêlés que ça faisait des étincelles sur sa tête. Elle tourna le regard vers moi, le soleil entra au fond de ses iris et les transforma en deux brasiers bleus.

“Vous avez de très beaux yeux. Vous les avez hérités de votre mère ?”

“Moi ? Non. De ma mère, je n’ai hérité que du stress, répondit-elle en riant, avant d’ajouter : Peut-être que l’oiseau vous a apporté un message de votre mère ?” Une telle hardiesse m’a étonné.

“Pourquoi ?”

“Je ne sais pas. Vous venez de mentionner ma mère, et soudain, j’ai éprouvé quelque chose.”

La silhouette de ma mère en robe de mariée se dressa soudain devant moi.

“Ma mère ? En vérité, je ne serais pas étonné qu’elle ait enquiquiné ce petit oiseau jusqu’à ce qu’il accepte de voler d’Afrique jusqu’ici uniquement pour me transmettre quelque chose de sa part.”

Elle rit et essuya les grains de sable sur son nez.

“Vous voulez que je vous raconte une histoire ?”

“Toujours prête.”

Elle vint s’asseoir sur la chaise à côté de moi et se drapa d’une mince couverture posée là.

“Alors voilà. Ma mère était agent secret, elle travaillait pour le Mossad. Un jour, elle a disparu. Comme ça. Volatilisée.”

“Je ne vous crois pas. Ça paraît trop improbable !” Elle me soupçonnait de mentir mais n’osait pas le dire ouvertement, j’étais tout de même un vieil homme.

“J’avais vingt ans la dernière fois que je lui ai parlé. On sait qu’elle s’est rendue en Égypte, peut-être en Jordanie, après la crise de Suez en 1956. Mais ensuite, on a perdu sa trace."

"Comment est-ce possible que je n'en aie jamais entendu parler ?"

"Cette histoire n'est pas connue. Vous savez, ces gens-là savent cacher ce qu'ils veulent garder secret."

"Et vous pensez que votre mère vient de vous envoyer un gazouillis ?"

"Je ne crois pas en ces choses-là."

"Eh bien moi, justement, je pense que c'est elle."

"Ça fait tellement d'années, qui sait..."

"Et votre père ? C'est peut-être lui qui a pépié."

"Quand un aigle viendra à la place d'un oiseau, alors peut-être que ce sera lui."

Elle lâcha un petit rire.

"Vous devez comprendre que c'est de la physique élémentaire : si tous les oiseaux s'y mettaient, le monde baignerait dans un insupportable vacarme. Vous imaginez ce qu'on entendrait ? Des milliards d'oiseaux gazouillant en même temps ?"

J'ai hésité à lui expliquer que ces pensées m'avaient traversé l'esprit à peine quelques secondes avant qu'elle commence à me parler.

"On dit que ça prend des années pour que l'âme arrive de nouveau à s'exprimer... donc ça correspond assez bien avec la période de la mort de votre mère."

"Écoutez, je ne suis plus un gamin. Mais vous, vous êtes jeune, pourquoi tant vous préoccuper de la mort ?"

"Elle m'a toujours captivée."

"Chez nous, on disait que l'être humain ne devait pas trop s'intéresser à la mort de peur que la mort se mette à s'intéresser à lui."

“Je peux vous poser une question un peu personnelle ?”

“Essayez toujours.”

“Maintenant que vous êtes très âgé, est-ce que vous vous sentez plus proche de la mort qu’auparavant ?”

“Voyez-vous mademoiselle, je suis d’une autre génération. Une génération qui a commencé sa vie avec la mort, alors non, pour nous, c’est le contraire. Plus le temps passe, plus nous nous en éloignons.”

Soudain, un deuxième oiseau atterrit à côté de nous. Cette fois, il ne gazouilla pas, resta simplement à nous regarder, posé sur l’accoudoir de la chaise à côté de moi. Est-ce qu’un oiseau muet était aussi un message d’outre-tombe ?

“Certains ne veulent pas parler, même par oiseau interposé”, marmonnai-je.

“Quoi ?”

“Je pensais au fait que le silence aussi était un message. Je peux imaginer deux ou trois personnes qui seraient volontiers venues me voir ici sans dire le moindre mot.”

La nuit était presque tombée, la mer faisait moins de bruit, son odeur adoucissait l’atmosphère. L’éclairage du café de plage fonctionnait déjà à plein régime et la majorité des tables étaient occupées.

“Je ne vous ai pas demandé comment vous vous appeliez, monsieur.”

“Moi ? David. David Zoltan.”

“Enchantée David. Moi, c’est Annabelle.”

Après ces présentations, elle partit, il était tard et elle devait rentrer, elle avait été ravie d’avoir eu cette discussion avec moi. Je suis resté assis tout seul, hésitant à appeler Sharon pour lui demander de venir me chercher. La silhouette de ma mère me revint à l'esprit ou, plus exactement, elle ne l'avait pas quitté depuis le pépiement. Car évidemment, ça ne pouvait être qu'elle, ce petit oiseau vif, avec son gazouillis faible mais tenace.

Le jour de leur mariage, il y en avait beaucoup, d'oiseaux, dans les arbres. Sharon avait fait la remarque que chez nous, en Israël, un seul arbre n'en accueillait jamais autant. Or à côté de la yeshiva d'Harnaka, il y en avait un grand, d'arbre, et il était bourré d'oiseaux qui fredonnaient la prière du matin. Nous sommes arrivés à la synagogue et avons accompagné les anciens-futurs époux sous le dais nuptial. Le grand rabbin était très ému, et la vérité, c'est que ma mère aussi réussit à se débarrasser de son regard cynique pour quelques minutes. Mais qu'est-ce qui leur avait pris, de se marier tout à coup, comme ça ? L'effet était le même que lorsque mon père avait soudain débarqué au tribunal pour témoigner. Quel besoin éprouvaient-ils de se retrouver brusquement sous le feu des projecteurs ?

Je ne suis pas vraiment arrivé à partager leur joie. Sharon et ma mère, elles, étaient très unies, tous les élèves du rabbin dansèrent et chantèrent, mais moi, je me souviens précisément d'une chose. Un instant après qu'il eut brisé le verre comme le veut la tradition, la musique commença et ma mère leva la tête vers l'assistance. Elle me chercha des yeux, me fit un signe de la main et sourit. Elle était un peu joyeuse. En fait, on était tous un peu joyeux. Je l'admirais et j'étais ravi qu'elle s'en rende compte. Ils avaient l'air d'un couple qui s'apprête à faire le tour du monde, de ceux qui vont vers un but inconnu. Je n'ai jamais eu cet air-là.

À la fin de la cérémonie, on se sentait tous bien fatigués et il était déjà tard. Je suis sorti de la synagogue avec un groupe de fumeurs, on a allumé une cigarette, le nouveau couple est sorti lui aussi et a remercié tous les invités. Puis, avec Sharon, j'ai pris la direction de notre hôtel, mais ma mère nous a soudain rappelés : "Haïm, Sharon, attendez un instant."

Nous nous sommes retournés vers elle.

"Ça a été une magnifique cérémonie", lui dit Sharon.

"Haïm, quand reviendras-tu me voir ?" Un peu essoufflée, la mariée eut un sourire prudent.

"Quoi ? Ah... bientôt. Je ne sais pas, bientôt."

"Parfait, c'est bien."

Le lendemain, un soleil aveuglant m'a réveillé. Je m'étais apparemment endormi sur place. Six heures du matin, chaleur torride. Quant à la grande Bleue, elle était toute blanche. J'arrivais à peine à ouvrir les yeux. Je me suis levé de mon siège-à-rêver. Pour me laver le visage, je me suis approché de l'eau qui gardait encore un peu de sa fraîcheur nocturne. Le contact du sel sur mes joues et mon front m'a fait monter aux yeux un déluge de larmes. Quelle chance de pouvoir se servir de la mer chaque fois qu'on veut un peu pleurer. Je suis retourné à ma chaise et j'ai appelé Sharon pour qu'elle vienne vite me chercher avant que ne débarquent ici la horde de Français qui, depuis un certain temps déjà, envahissaient les lieux.

CHAPITRE DERNIER

À quatre reprises au cours de ma vie, j'ai perdu connaissance. À quatre reprises durant cent-huit ans, ce n'est pas si mal, au fond, n'est-ce pas ?

Ma nurse hongroise avait une grosse poitrine. Ça se voyait à travers le chemisier qu'elle portait, un chemisier blanc moulant avec un petit col, comme on en faisait au début des années 2000. Au moins, elle était belle, j'aurais pu tomber sur un boudin. Une femme mince avec de gros seins est toujours la bienvenue. Je riais tout seul tandis qu'elle manœuvrait ma chaise roulante électrique vers le véhicule qui nous attendait à l'extérieur du hall d'arrivée de l'aéroport de Vienne.

"Voilà. J'espère que tout se passera bien, vous avez notre numéro de téléphone en cas de besoin, n'hésitez pas", m'avait assuré le représentant de l'entreprise que Sharon avait engagée afin de tout arranger pour moi ici. Même si ma fille ne comprenait toujours pas pourquoi je quittais Israël, elle tenait à ce que je ne reste pas seul dans ce pays lointain. Après tout, j'ai cent-huit ans.

Tandis que la voiture roulait, j'ai pensé aux Israéliens qui avaient quitté le pays. Où étaient-ils allés ? Moi, j'avais un appartement en Europe, mais tous n'avaient pas cette chance. Beaucoup devraient se reconstruire dans un nouveau pays, sans langue et sans logement, s'habituer à un nouveau climat, un nouveau soleil, un nouvel hiver. Quel courage il fallait pour quitter la grande puissance que nous étions et accepter de devenir un réfugié !

“Combien de temps de trajet ?”

“Environ cinq heures. On s'arrêtera en route si besoin.” Toute mince qu'elle était, ma nurse avait de la force dans les mains et lorsqu'elle referma la portière arrière, ce fut en un coup net et précis qui claqua tel un point venant clôturer une très longue phrase.

“Tu sais, je n'ai jamais eu peur de la mort. J'ai juste eu peur de devoir me séparer de tout.”

“Et voilà que maintenant, tu dois dire adieu à Yaël.” Les pupilles noires de Myriam étaient en feu tant elles essayaient de passer un accord avec le bon Dieu pour arriver, une fois, rien qu'une, à retrouver la vue, ne serait-ce que durant quelques minutes.

“Peut-être que j'aurais dû faire venir Sharon à l'enterrement… Non ?” J'étais assailli par des sentiments de culpabilité à n'en plus finir.

“Arrête, c'est encore un bébé. Ça aurait juste été inutile.” S'en remettre à Myriam, bien sûr.

“Je savais que ça finirait de cette manière”, lui dis-je.

“Vraiment, pourquoi ?” Elle entra dans mon jeu en dépit du fait que rouler lui donnait la nausée.

“Il y avait des signes avant-coureurs. Il y a toujours des signes.” La radio diffusait le *Concerto pour*

2 violons de Bach. Tiens, ils le jouent encore, ai-je pensé.

“Un jour, on m’a soupçonné d’avoir tiré sur quelqu’un. Et quand je dis ‘quelqu’un’... sur un poète !”

“Comment ça ?” Ma nurse sourit.

“C’est une longue histoire, on avait trouvé une valise qui contenait un révolver dans l’usine où je travaillais, la valise a reçu un coup, une balle est partie toute seule et a transpercé l’oreille du poète qui était, à l’époque, le plus célèbre d’Israël.”

“C’était quand ?”

“Je ne m’en souviens pas exactement. Vous savez, au bout d’un certain temps, les dates n’ont plus d’importance.”

“J’ai lu que ceux qui vivaient sans but étaient obligés de rester confinés dans leurs souvenirs”, intervint soudain notre chauffeur.

“Moi aussi, je l’ai lu quelque part, peut-être dans *Le Joueur d’échecs* de Zweig.”

“Il n’y a rien de mal aux souvenirs, certainement pas quand on a cent-huit ans.” La Hongroise échangea un regard avec le type, ils ne devaient sans doute pas savoir qui était Zweig, ce qui m’attrista autant que ce long parcours déprimant en voiture.

“Tu sais, aujourd’hui, même mes souvenirs de la guerre sont plus doux que la réalité.” Je n’arrivais pas à calmer mes sanglots et elle, elle avait le silence très très silencieux.

“Tu verras que ça s’arrangera petit à petit. Tu as ta fille, et tu m’as, moi.” Myriam posa la main sur mon visage, apparemment, nul besoin de voir pour essuyer les larmes de quelqu’un.

“Ma pauvre petite Sharon, comment grandira-t-elle dans de telles conditions ? Sans mère, et avec un père si défaillant !” Je sentis un coup sur la tête.

“Haïm… Haïm ?” J’eus encore le temps d’apercevoir mon amie qui se penchait vers moi et de murmurer faiblement : “Je ne suis pas encore mort.” Là, je perdis connaissance et tous les invités venus me présenter leurs condoléances se regroupèrent au-dessus de moi.

“Bon, tu t’es évanoui. À mon avis, c’est à cause de la chaleur qu’il a fait pendant l’enterrement. Tu n’as pas assez bu.”

Allongé sur le sol de la pièce, je découvris certaines choses. Les hommes sans exception avaient des sandales sur des pieds osseux, aux ongles jaunis et à la peau fanée, de cette couleur très mate qui faisait penser à une peau de serpent, sans doute à force d’avoir marché tous les matins et tous les après-midis dans les champs. Les femmes ? Une partie étaient aussi en sandales, mais certaines portaient des chaussures plates en toile noire. C’était un peu plus élégant que les sandales brunies, et surtout, ça aidait à atténuer les différences d’âge : elles avaient toutes l’air vieilles. Les dalles inégales allaient se cogner contre les murs presque tous brûlants à cause du soleil ardent d’août, blancs, aux nombreuses aspérités, comme si on avait passé à la chaux une peau couverte de grains de beauté proéminents. Y étaient accrochées, à côté de la photo de Berl Katznelson, quelques vieilles reproductions de célèbres tableaux comme par exemple un petit Van Gogh avec une rivière et une calèche jaune dans un cadre brun et un peu de guingois.

En face, il y avait une huile d'un assez grand format, signée de la célèbre artiste Ziona Tagger, une parente du précédent locataire, un jeune qui avait été tué pendant la guerre de 1956. Sa famille avait laissé le lieu tel quel et Yaël, en s'y installant, n'avait pas eu le courage de décrocher la toile. Je l'aimais bien, elle était belle. Que voyais-je encore d'en bas ? Dans le salon, où était aussi aménagé le coin cuisine, il y avait tout juste de la place pour une table et le canapé que nous avions récupéré de Rami et Ethy lorsqu'ils avaient reçu l'autorisation d'en acheter un neuf. C'était un petit canapé avec des coussins dépareillés. La table, elle, était vraiment superbe. Yaël l'avait fabriquée à partir de cageots d'oranges et tout le monde s'accordait à dire que c'était vraiment original. Elle était douée pour les travaux manuels, et le résultat, outre être magnifique, n'avait rien coûté à personne. "Pour être créatif, pas besoin de l'autorisation du kibboutz", aimait-elle à répéter. Si je plaquais mon menton à ma poitrine et que je braquais mes yeux le plus bas possible, je pouvais aussi voir le petit couloir qui tournait vers la droite et aboutissait à notre chambre à coucher, la seule chambre de ce logement exigu.

"Viens m'aider, toi qui es fort, attrape-le par les pieds, on va le transporter sur son lit, qu'il reste un peu allongé", a dit Dany.

"Je vais bien, ne vous inquiétez pas", ai-je réussi à articuler.

"Haïm, c'est bon, tu vas te reposer un peu. On te laisse de l'eau."

"Oui, reste allongé et repose-toi."

Je me suis retrouvé dans ma chambre, couché sur mon lit. Ils m'avaient déposé du côté de Yaël. En temps normal, même si je la suppliais, elle ne me laissait pas dormir à sa place. Chacun son territoire. Et soudain c'était devenu si simple, si facile : ils m'avaient déposé là, voilà tout. Un jour, après avoir fait l'amour, j'en avais profité pour glisser de son côté, elle avait posé la tête sur mon ventre mais avait précisé : “Ne crois pas que ça compte.” Elle voulait dire que je n'avais pas intérêt à m'y habituer. Qu'y avait-il de si bien de son côté ? Je ne sais pas, notre lit était étroit, on l'avait reçu du kibboutz, il avait été acheté spécialement pour Shaï et Mikhal, un couple de nains, et on l'avait récupéré le jour où ils en avaient obtenu un autre. Du côté de Yaël, il y avait toujours plus d'espace, c'était mieux organisé. Le matin, elle remettait son oreiller en place, tirait sa couverture, c'était très agréable, alors que mon côté gardait en permanence quelque chose d'énervant, comme s'il m'en voulait.

Sous cet angle j'ai, là aussi, soudain découvert de nouvelles choses. En bas, juste derrière la table de nuit qui était faite d'une pile de livres avec une plaque en verre posée dessus, le sol rejoignait le mur en une magnifique continuité. Quelque chose de rare par chez nous. Vraiment du beau boulot : des dalles en bois et dessus arrivait la plinthe, extrêmement bien polie, qui se chargeait de la transition la plus fluide possible entre le sol et le mur. Sans doute un détail que Yaël connaissait parfaitement mais que moi je n'avais jamais remarqué. J'ai aussi vu le livre qui était sous le verre : *Guide des plantes d'Israël*. Apparemment l'ouvrage le plus large qu'elle avait dégoté pour que la plaque tienne en équilibre. Quoique… maintenant, en y repensant, les plantes l'intéressaient, elle connaissait quelques noms et leurs propriétés. J'ai tendu la jambe vers mon côté du lit, je voulais voir comment ça faisait d'ici. J'ai glissé un pied, chaussé de sa sandale, sous la fine couverture jetée là. C'était comme rentrer à la maison, une sensation agréable, oui, tout à coup, mon côté me faisait des avances. Lentement, j'ai réussi à soulever les fesses et à me décaler vers la droite. C'est ainsi que j'ai réintégré ma moitié de lit. L'oreiller était dur, s'en dégageaient des odeurs familières de lessive et de bave. J'ai poussé un soupir de soulagement, bruyant. Aaaaaah… quel plaisir, si rassurant. De là, rien n'était inconnu. Les volets de la fenêtre, presque intégralement baissés, me laissaient tout de même voir les rais de lumière qui pénétraient dans la chambre. De temps en temps, des ombres passaient devant et noircissaient fugacement le jaune éclatant de notre soleil. De chez Yaël, les volets paraissaient presque totalement fermés. Et moi qui pensais que son côté était préférable au mien ! Soudain, j'ai vu se profiler une silhouette familière. Myriam, me suis-je dit. Alors, très lentement, je me suis assis sur le lit. Pris de vertige, j'ai refermé la bouche, et c'est là que j'ai compris que je la gardais ouverte depuis de longues minutes. Je manquais de salive, j'avais la sensation que mon palais était du papier de verre. Je me suis mis debout, j'ai plaqué l'oreille contre la fenêtre. À l'extérieur, j'ai entendu parler mon amie l'aveugle.

“Il faut savoir renoncer, laisser la nature faire son travail. On ne peut pas se battre continuellement contre tout.”

“Oui, merci beaucoup d’être venus.” Le cousin de Yaël était bouddhiste.

“Et toi, pourquoi tu ne ferais pas un saut chez nous ? On a de la place pour t’accueillir. Le week-end prochain, on organise un stage de méditation et de yoga, il y aura du monde, tu te sentiras soutenu.”

“Merci, je verrai. Peut-être pas la semaine prochaine, mais je passerai. Promis.”

Myriam tourna un peu la tête, signe chez elle qu’elle tendait discrètement l’oreille.

“Elle grandira. Ils grandissent tous, qu’on le veuille ou non. Et au final, elle se trouvera un homme aussi foireux que son père.” Elle discutait avec Moshé, notre meilleur ami au kibboutz. Ils rirent en chœur.

“Vous voulez faire un tour jusqu’au lac ?” À l’évidence, elle s’était déjà occupée de personnes âgées. “On peut, on n’est pas pressés.”

J’étais toujours dans le taxi, d’ailleurs davantage une espèce de van, un véhicule moderne avec des écrans et des ordinateurs à l’intérieur, mais je leur avais demandé de tout éteindre parce que ça faisait du bruit pour rien. Par la fenêtre défilaient l’hiver européen, la Hongrie et ses vastes étendues d’un vert foncé presque noir. Au moins, il y a où se planquer par ici, aurait remarqué mon père. On s’est approchés du lac, le chauffeur a dit qu’on s’arrêtait pour recharger la batterie de la voiture électrique. Ils m’ont installé sur ma chaise roulante à moteur et on s'est mis en branle, direction le café du bord de l'eau. Un jour, pour Soukkot, je me suis retrouvé devant un lac avec mes parents. Mon père et ma mère m'ont laissé sur la grève et ils m'ont demandé de les surveiller pendant qu'ils allaient se baigner – mission que j'ai prise très au sérieux. Je suis resté assis sur le rivage quasiment sans cligner des yeux, je les suivais du regard tandis qu'ils s'éloignaient de plus en plus, tout autour c'était un drôle de silence. Le lac se situait dans les profondeurs d'une forêt, sur une montagne, ça nous avait pris une demi-journée pour l'atteindre, le jeu en valait la chandelle, l'endroit était magique. Un petit lac glacé au milieu de la forêt. Le silence et le calme étaient si colorés que tu ne te sentais pas seul du tout, l'eau tranquille, le vert des feuillages, oui, la nature t'enlaçait et tu n'avais qu'à te laisser porter, t'abandonner.

"Je pense que ça me serait agréable, oui, merci." Plus personne ne dit merci de nos jours.

"Tu bois avec du sucre ? Tout à coup je me rends compte que je ne t'ai jamais préparé de café." C'était bien elle, de remarquer ce genre de choses.

"Sans sucre, merci."

Leon sortit de la cuisine et se dirigea vers moi.

L'appartement était en harmonie avec le quartier où ils habitaient.

"Tu continues à jouer du violon ? Tu as la même marque dans le cou que quand tu étais petite."

"Je suis à la retraite mais j'ai des projets ici et là, je fais de la musique de chambre maintenant."

"C'est à cette heure-là que tu rentres ?" Ma mère m'attendait dans le lobby.

“Je suis allé faire un tour.” J’ai essayé de humer ma propre odeur pour m’assurer qu’aucune trace de la douche rapide chez la pute ne me dénonce.

“Tu étais où ?”

“Je me suis promené un peu, j’ai bu un verre. Et toi ? Où est Sharon ? Elle est allée dormir ?”

“Oui. Elle était très fatiguée.”

“Tu aurais dû l’amener avec toi à l’enterrement. Elle est petite, de toute façon, elle ne s’en souviendra pas, mais peut-être qu’un jour, elle te le reprochera.” N’importe quel camarade du kibboutz se prenait pour un grand philosophe.

“Venez, entrez, servez-vous, vous voulez boire quelque chose ? Benny, tu connais David ? Il est dans l’industrie aéronautique comme toi, il habite à Beershéva avec sa femme.”

J’ai rouvert la porte qu’il venait de fermer. On n’a pas le droit de fermer la porte durant la semaine de deuil. Qui est l’imbécile qui ferme les portes ? Les camarades du kibboutz ne comprenaient rien à ces choses là, mais ce qui m’a le plus rendu dingue, c’est qu’ils entraient chez moi comme dans un moulin. Un jour, j’ai lu que dans les petits villages d’Italie, les prêtres avaient une cuisinière en permanence, ils se débrouillaient toujours pour trouver une femme du village qui se chargeait du ménage et de la cuisine à leur place, comme s’ils avaient adopté nos usages de deuil mais que ça durait toute l’année.

“Ces derniers temps, je pense beaucoup à ton père. Tu sais qu’il ne m’a pas raconté ce qui s’était passé en Israël lors de votre rencontre. Il n’a jamais voulu m’en parler”, me dit ma mère.

Une odeur de pisse envahit mes narines.

“Pour lui, ce séjour n’a pas été une partie de plaisir, surtout son témoignage devant la cour d’assises.”

“Oui, il a un peu évoqué le procès, il m’a dit qu’il ne s’était trouvé que face à des marionnettes.”

“Aujourd’hui, quand j’y pense, c’était vraiment débile de ma part d’être resté assis là-bas au lieu d’aller le retrouver dès le début.”

“Où ça ?”

“J’étais assis dans le public.”

“Vraiment ? Comme c’est drôle. J’ai joué tout un récital sans savoir que tu étais dans la salle ? D’ailleurs comment se fait-il que tu sois venu ?” Elle souriait, radieuse.

“J’avais lu dans le journal que tu te produisais, alors j’ai acheté un billet.”

“Et pourquoi n’es-tu pas venu me voir ? Tu es fou.” Elle n’avait donc pas reçu mon message.

“Je ne savais pas quoi dire, alors j’avais décidé de me fondre dans la foule et d’attendre qu’il termine sa déposition.”

“C’est tout de même ton père. Tu aurais pu faire quelque chose, aller lui parler un peu avant. Et ensuite, de quoi avez-vous discuté ?”

“Tu veux vraiment savoir ?”

“Oui, oui.”

“Il m’a dit de ne pas faire d’enfants. C’est ce qu’il m’a dit.” Voilà que me revenaient une fois de plus ces horribles mots.

“Je n’arrive pas à croire qu’il t’ait balancé une chose pareille, tu es aussi mon fils, quand même !”

On s’est mis à pleurer.

"Il était déprimé, maman, et il s'est simplement caché derrière des conneries idéologiques, c'est tout."

"Tu te souviens qu'il répétait souvent : c'est quoi, l'idéologie ? C'est de l'idiot-logie..." On a souri intérieurement.

"Peut-être que ta mémoire te joue des tours ?"

"Qu'est-ce que tu cherches, maman ? Il a exactement prononcé ces mots et rien n'a été simple, ce jour-là. Moi, je n'arrêtais pas de pleurer et comment est-ce possible qu'il ne t'en ait rien dit ?"

"Quand il est rentré, il m'a juste expliqué qu'il avait raconté tout ce qu'il avait à raconter. Il n'a rien ajouté. Je lui ai demandé s'il t'avait vu, il m'a répondu que Yaël était merveilleuse, que c'était une fille sérieuse. Tels ont été ses termes, je m'en souviens bien : une fille sérieuse. Ce qu'elle était effectivement. Regarde Sharon, c'est évident !"

"Oui, Yaël était une fille sérieuse."

"Qui n'a jamais pris la vie au sérieux, oui, oui, elle a su profiter de ce qu'elle avait." Et voilà, encore un camarade qui philosophe.

"C'est gentil d'être là. Venez, entrez, asseyez-vous."

"Pourquoi tu ne t'assieds pas ? Allez, assieds-toi un instant."

"Je suis très fatigué, maman, et je n'ai pas envie de remuer tout ça. Des années se sont écoulées depuis." Je savais que ça lui plairait de m'entendre l'appeler maman.

"Écoute-moi bien : ton père n'a été coupable de rien. On n'a pas eu le choix, pendant la guerre, on n'a jamais le choix."

“Pendant la guerre, on n’a jamais le choix. On fait ce qu’on doit faire.” Une grosse poitrine te rend loquace même quand tu ne veux pas parler.

“Ça vous va bien, cette barbe.”

“Un homme qui a des secrets se laisse pousser la barbe.” J’ai souri à ma nurse.

“Et que peut faire une femme qui a des secrets ?”

“Les garder pour elle.”

Elle me sourit en retour.

“Si tu savais comme ça a été difficile d’être assis là-bas et de le voir, on aurait dit un clown dans un mauvais numéro.”

“Tu étais assis où ?”

“À quelques rangs de lui, mais bien caché au milieu de l’assistance.”

Ma mère ne retenait plus ses larmes.

“C’est dur de voir que le temps passe. Pour la plupart des gens, ce n’est pas grave, il passe... Nous, notre génération, nous l’avons vu passer sans rien pouvoir faire... Rien. Nous n’avons rien pu... rien...”

“Le moment ne serait-il pas venu pour nous de vivre ensemble ? Je suis seul depuis tant d’années... Pourquoi ne rentrerais-tu pas avec moi en Israël ? Au moins pour quelques semaines.”

“Tu n’es pas marié ? Ta mère m’a dit il y a longtemps que tu avais une fille.”

“Oui, Sharon, mais ça fait des années que j’ai perdu ma femme.” Et soudain, je me suis entendu dire : “Et si tu venais quand même ? On pourrait tenter notre chance, toi et moi. Je te construirai une cabane suspendue. Il y a beaucoup d’arbres chez nous.”

"Haïm, comment savoir si ça marcherait ? Si on va ensemble, toi et moi. En fait, je ne te connais pas du tout." Elle essuya une larme.

"Tu quitterais Yeshouha ?"

"Là n'est pas la question. Allez, oublie." Elle se leva, entra dans la cuisine puis en revint au bout de quelques minutes avec deux verres et une carafe d'eau.

"Il ne me reste plus longtemps à vivre", ai-je soudain dit. Au point où j'en étais...

"Quoi ? Tu es malade ? C'est pour ça que tu es venu nous voir ?"

"Ce n'est pas très clair, mais les médecins n'ont pas l'air très optimistes." Tant qu'à faire, je me devais de servir à Leon le plus beau des mensonges. "Je veux passer mes derniers mois auprès de toi, en Israël. Je veux, un instant avant de fermer les yeux pour toujours, savoir que tu es là, à mes côtés, que tu me regardes."

"Je ne sais pas quoi dire."

"Surtout, n'en parle pas à ma mère, j'espère encore qu'elle aura la chance de mourir avant moi." J'ai souri, mais en dedans, cette énormité me retournait les entrailles, je ne pouvais plus respirer.

"Ton sens de l'humour idiot."

"Tu veux aller... fai..." Je me suis mis à bafouiller et j'ai senti un coup sur la tête.

"Haïm ? Haïm ?" Ma vue s'est brouillée, je n'avais plus de salive.

"Ouf, tu ouvres enfin les yeux ! Tu t'es évanoui... Qu'est-ce qui t'arrive ? Tu te sens mieux ?" me pressa Leon, très tendue.

Cette sensation de bouche sèche et douloureuse ne m'était pas inconnue.

Appartement magnifique, à croire qu'on était à Paris. Là, au ras d'un sol tout propre, c'était le silence. Comme dans la jungle. Pas un humain autour de moi, sur ce parquet brun foncé fait de lattes assez grandes en bois ancien et coûteux, sur lequel s'écoulait avec un grand plaisir la lumière qui passait par les fenêtres, oui, on voyait qu'elle était contente de pénétrer dans cet intérieur, la lumière. Il y avait beaucoup de plantes chez Leon, elle aimait ça, les fleurs aussi, toute chose vivante qui ne parlait pas. De là où j'étais, le couloir paraissait très long, infini. Plus le regard s'y engageait, plus la clarté émanant du salon s'assombrissait. Là-bas au loin, tout au bout, il y avait leur chambre à coucher, là où elle et Yeshouha s'ébattaient joyeusement. J'ai essayé de me remémorer quelle sorte de pieds elle avait : ses orteils étaient-ils beaux, égaux, ou bien certains dépassaient-ils n'importe comment ? Impossible de m'en souvenir. Des photos étaient accrochées tout le long du mur de ce couloir. De ma position, la première que je voyais était encore très éclairée. Où avait-elle trouvé ce cliché ? L'avaient-ils pris avec eux dans leur fuite ? C'était son père. Très bien habillé comme à son habitude, il était assis sur une chaise, une cigarette à la main droite. Le plus intéressant était son regard, parce que cet homme avait une sorte de tic nerveux, il clignait des yeux comme tout le monde mais ensuite ajoutait encore un cillement de l'œil gauche. Et là, sur la photo, son œil gauche était fermé. De tous les instants possibles, c'était justement à ce millième de seconde où il avait eu son tic que le photographe avait appuyé sur le bouton – en résultait cette photo-là. Ce faisant, l'artiste avait réussi, apparemment sans le savoir, à capter l'essence même de ce monsieur si sympathique : le costume, la cigarette, le bronzage élégant et le cillement involontaire. J'imagine facilement les invités qui, en se rendant aux toilettes, devaient se dire que le père de leur hôtesse était un sacré dragueur, le genre Dean Martin, à distribuer des œillades, une cigarette à la main. Sur les autres photos ne figuraient que des femmes. Je me suis effectivement souvenu qu'il n'y avait que des femmes dans sa famille. Elle et sa mère, plus ses grandes sœurs et des tas de cousines. Peut-être y avait-il aussi un cousin, mais je n'en suis pas certain. Dans la pièce, sur le pan de mur étroit qui séparait les deux immenses fenêtres, était accroché un tableau de clown. De là où j'étais, il me parut plein d'amertume, peut-être travaillait-il moins bien ou n'avait-il plus envie de se farder. Un rapide coup d'œil sur la gauche m'amena jusque dans la cuisine, où, posé par terre, attendait un panier d'osier dont les poignées étaient ornées de fleurs. En sortaient des feuilles vertes d'épinards ou de salade et des sacs en papier brun remplis de fruits, peut-être s'était-elle préparée à ma venue ? Elle aimait beaucoup les pommes, je me demandai si c'était toujours le cas. En fait non, je n'ai pas réussi à voir s'il y avait des fruits dans ce panier posé aux pieds de deux chaises en bois très lourdes, rien à voir avec des chaises de cuisine habituelles. Elles venaient probablement de Yeshouha, dont les parents étaient riches.

“Tu parlais normalement et tout à coup, je t’ai perdu, tu n’étais plus là.” Leon passa une main sous ma bouche, sans doute nettoya-t-elle quelque miette que j’avais ramassée en m’écroulant.

“À la fin de sa déposition, quand papa s’est levé, ça a déclenché un véritable ouragan dans la salle d’audience. Tout le monde s’est mis chuchoter en même temps et à pointer un doigt vers son pantalon... Il y avait une grande tache. D’urine, maman, d’urine.”

“Ça, il ne me l’a pas raconté.”

“Comment aurait-il pu ? Moi, je me suis bouché les oreilles, j’ai fermé les yeux et j’ai prié pour ne pas être là. Mais j’y étais. Nous y étions tous. Il s’est levé, s’est appuyé sur le pupitre pour descendre du box des témoins. C’est là que je me suis soudain dressé au milieu du public. Il a levé la tête et m’a regardé avec son petit sourire, tu sais, qui lui faisait écarter légèrement les narines. Alors j’ai poussé tout le monde et je me suis précipité vers lui. Il avait eu le temps de s’approcher de la sortie, je l’ai rejoint avec du retard mais je l’ai quand même attrapé par le bras. Tu te souviens qu’il mettait du talc quand il faisait chaud ? Eh bien, son cou était couvert de plaques blanches de sueur et de poudre, sa peau semblait être parcourue de veines de sel comme une plage après une tempête. Et cette odeur d’urine. Très forte. Chaque fois que je vais aux toilettes, j’y pense, chaque jour, plusieurs fois par jour, obligé.”

“J’urine assis, c’est mieux pour tout le monde...” ai-je dit en souriant à ma nurse tandis qu’elle m’aidait à baisser mon pantalon et à m’installer sur la cuvette.

“On en a un peu ri, tous les deux, de cette situation. Papa m’a passé son pantalon par-dessus la porte des toilettes et j’ai essayé de le sécher avec les moyens du bord. Les W-C du tribunal se sont transformés en vestiaire. Ceci dit, on a fini par sortir de là. Yaël nous attendait dehors, on voulait aller manger un morceau avant de le ramener à son hôtel.”

“Je n’en ai rien su.”

“Comment pensez-vous, jolie dame, que les gens ont survécu à tout ? Survivre, ce n’est pas aussi facile qu’on veut bien le croire”, ai-je précisé à ma Hongroise aux gros seins qui m’aidait à présent à fermer la ceinture de mon pantalon.

“Bon, on repart. Vous voulez encore quelque chose, à boire peut-être ?”

“Non, merci, je suis bien. Continue, Haïm.” Ma mère pencha la tête en avant.

“Une fois sortis des toilettes, on est allés s’asseoir à la cafétéria du palais de justice. On s’est installés sur deux espèces de canapés proches l’un de l’autre et on s’est remémoré des tas de choses – tiens, par exemple la nuit où, comment s’appelait-il déjà… Moyshé, tu sais, celui qui habitait dans l’immeuble des Sommerschein, avait débarqué chez nous en costume de pirate, alors que ce n’était même pas Pourim ! Je me demande ce qu’ils sont devenus. D’ailleurs, est-ce qu’ils ont survécu ? Je n’ai pas eu de leurs nouvelles.”

“Je ne sais pas. Moi non plus, je n’en ai pas eu”, déclara Leon.

“Est-ce que tu as gardé des contacts avec nos anciens amis du quartier ?”

“Non, tu sais, justement parce que nous sommes restés en Hongrie, je ne voulais pas que mes enfants connaissent ce passé-là.”

“Tu es aussi belle que lyrique !”

“Vous comprenez ce que je veux dire, n’est-ce pas ?” voulut s’assurer la nurse.

“Nous n’avions pas l’intention de vous vexer, monsieur”, ajouta le chauffeur. “Simplement, chez nous, en Hongrie, tout ce qui touche à Israël n’est pas évident. Les gens qui vivent ici sont durs et il y a encore beaucoup de racisme.”

“Ne vous inquiétez pas, on n’est pas là pour longtemps, dans cent ans, on retournera en Terre promise.” Nous avons ri, plus exactement j’ai ri tout seul parce que mes deux accompagnateurs étaient très embarrassés.

“Oui, le malaise, je l’ai bien senti. Mais je voulais des réponses.”

“Bon, et il t’a répondu ?”

“J’ai attendu... mais il s’est défilé. La vérité, c’est que je n’ai pas eu le courage de trop faire pression sur lui. J’avais la tête prête à exploser de tous les mots que je voulais lui dire mais finalement, je les ai gardés pour moi. Surtout, je voulais lui demander pourquoi vous n’êtes pas venus me rejoindre en Israël ? Pourquoi vous m’avez laissé tout seul ?”

“Il était devenu aigri en vieillissant. Quand j’ai vu Schteirmel, là, maintenant, eh bien, il m’a fait penser à ton père d’autrefois. Ton père du début. Tu ne sais rien, tu ne sais vraiment rien. Il était... il était comme un acteur de cinéma. Le jour où on s’est enfuis ensemble, quand on s’est retrouvés dans le train et qu'il m'a regardée, j'ai vu des fleurs dans ses yeux. Des fleurs."

"Regarde-moi toutes ces fleurs, qu'est-ce qu'il est beau, ce tableau. Et notre arbre, le jaune. C'est logique ?", ai-je dit.

"Bien sûr que non, je te l'ai expliqué tout à l'heure, avant que tu t'évanouisses. Il s'agit d'une commande, à un artiste qui vit ici. Je lui ai demandé de peindre ce que j'avais dans la mémoire."

"Ma mère disait qu'il était jaune parce qu'il se souvenait."

Elle me lança un regard étrange, peut-être parce que je me répétais. J'avais encore mal à la tête.

"Je suis contente de l'avoir fait." Elle sourit.

"Oui, surtout que c'est un travail dur, de s'occuper d'un vieux bazar comme moi."

Elle rit, ce qui fit tressauter ses seins.

"Pas juste vieux, mais le plus vieux !" La nurse appuya ses propos en levant l'index vers le haut.

"Elle était si jeune. Mourir comme ça, qu'est-ce qu'elle a eu le temps de faire ? Je n'ai plus aucune raison de vivre." La mère de Yaël discutait avec son amie Sarah.

"Haïm, tu comprends qu'à partir de maintenant, tu ne peux plus te conduire en irresponsable. Tu dois rester ici, avec Sharon." Myriam et moi avions trouvé un petit coin pour nous isoler.

"Je n'ai jamais voulu devenir père..."

"Arrête de dire des bêtises !" Elle m'attrapa la main.

"Laisse-moi tranquille." Je la repoussai doucement.

“Où est-ce que tu crois que tu vas exactement ? Arrête-toi !” Elle avait tout vu.

Après l’avoir entendue parler à travers les volets, j’avais un peu attendu pour que la lumière pénètre complètement dans ma chambre à coucher puis j’avais ouvert la fenêtre et sauté dans le jardin.

“C’est le moment, je dois m’échapper, je ne peux pas rester ici un instant de plus, je ne peux pas.”

“Haïm, reviens, rentre chez toi, tu t’es évanoui, il fait chaud, la semaine de deuil dure encore deux jours, attends que tout soit terminé, et on réfléchira ensemble, calmement.”

“Je ne pense pas y arriver, c’est trop pour moi.” J’avais mal aux yeux et ma bouche s’entêtait à rester sèche.

“Doucement, essaie de te lever, vas-y lentement, il faut absolument que tu boives quelque chose.” C’était ainsi qu’elle s’occupait de moi, Leon, dans notre maison suspendue, quand on jouait à faire semblant.

“Ce qui, dans le temps, était pour de faux devient réalité maintenant. Tu te souviens qu’on jouait au docteur ? Tu me soignais...”

“Oublie tes ‘pour de faux’... Ta maladie cause des évanouissements ?”

Moi qui espérais qu’elle avait oublié...

“Oui... tu comprends maintenant ? Le corps essaie de se rééquilibrer. Si tu viens avec moi en Israël, on pourra vivre ensemble mes derniers mois...”

Elle gobait vraiment tout mon baratin.

“On ne meurt pas si vite que ça, tu n’as même pas soixante ans, donc tu en as au moins pour encore vingt ans." Elle me servit un deuxième verre de limonade fraîche qui m'aida à me réveiller.

C'est alors que nous entrâmes dans la rue, dans notre rue. Au coin, quand on tournait à gauche, la chaussée avait toujours été trop inclinée et voilà, on ne l'avait pas réparée. Les voitures tanguaient et, jusqu'à ce qu'elles se rétablissent au bout de quelques mètres, les passagers se retrouvaient projetés sur un côté. On a continué à rouler encore un peu. L'immeuble est apparu sur la droite. Notre immeuble, trois étages, six logements, une cour intérieure, encore trois étages et six logements, en tout, douze. Il y a quatre-vingt-quatorze ans j'étais parti de cet appartement, il y a cinquante ans, j'y étais revenu en visite, et cela faisait plus de trente ans qu'on essayait en vain de le vendre. J'avais peur de sortir du taxi, mes jambes ont commencé à trembler. Toute cette affaire ne me paraissait plus, mais alors plus du tout, une bonne idée.

"J'ai besoin de temps, faisons un tour dans le quartier."

"Haïm, je vais vous aider, ne vous inquiétez pas", me dit la nurse.

"Jolie dame, quel âge avez-vous ?"

"Trente-six ans."

"Je ne peux pas rentrer chez moi, c'est trop tôt, je ne peux pas." Les larmes jaillirent, je n'arrivais pas à les endiguer, c'était comme une crise de panique.

"Tenez, buvez." Elle me tendit une bouteille d'eau et un mouchoir.

Après le petit tour que j'avais demandé, on s'est de nouveau arrêtés devant l'immeuble. Voilà. Voilà, ça m'avait pris une centaine d'années mais, moi aussi, j'arrivais devant chez nous en Mercedes noire rutilante. Peu de véhicules dans la rue, et ceux qui y étaient garés paraissaient plutôt anciens, quelques modèles japonais, certains encore à essence. Par les vitres teintées de la voiture, l'immeuble semblait se draper de mystère, on distinguait à peine la porte d'entrée à cause de sa couleur sombre, j'aurais pu la louper si je n'avais pas su exactement où elle se trouvait.

"C'est la deuxième à droite."

Je me suis dirigé vers les toilettes pour me laver le visage et me remettre un peu de mes émotions.

"Elles sont belles, les photos dans ton couloir. Ton père, je m'en souviens exactement comme ça, dans ce costume-là." Je haussai un peu la voix parce que j'avais fermé la porte.

"Ne verrouille pas, que je puisse venir te secourir si jamais tu t'évanouis une deuxième fois !"

J'ai entendu le rire derrière ses paroles et j'ai aussi adopté un ton amusé : "Garde tes conseils pour toi."

"Viens, prends garde à... rentrons, s'il te plaît. Où sommes-nous d'ailleurs ?" La main de Myriam était douce et ridée, comme un drap tout froissé.

"Ça fait bien longtemps que tu ne m'as pas pris comme ça dans tes bras." J'ai posé la tête sur son épaule, je pouvais presque la voir sourire.

"Avant, tu aimais t'asseoir sur mes genoux et poser la tête sur mon épaule", me dit ma mère.

J'éclatai en sanglots.

"Quel père assène une chose pareille à son fils ?" chuchotai-je douloureusement.

“Ce n’est pas ce qu’il voulait dire par là. Et toi, arrête d’en parler.”

Saisi de vertige, je n’entendis pas la fin de sa phrase.

“Je ne me sens pas très bien, maman.”

“Laisse-toi faire.” Elle m’allongea sur le canapé du hall.

“C’est bizarre, j’ai l’impression qu’il n’y a pas assez d’air ici. Peut-être que le plafond est trop bas.” Je sentis un coup sur la tête.

“Haïm… Haïm ?”

Sa voix résonnait de très loin.

“Ça va ?” Un inconnu se penchait sur moi, j’étais couché sur le sol, toujours dans le même hôtel, j’avais apparemment perdu connaissance.

Le tapis puait, il était d’une couleur vaguement rose, avec une forte odeur historique. On pouvait sentir l’usine où il avait été fabriqué, les pas des milliers de gens qui l’avaient foulé, les plats de pâtes qui s’étaient renversés dessus, les verres de bière, les aspirateurs et les produits d’entretien en tous genres. Oui, l’Histoire a une odeur. Le pipi de mon père m’est soudain revenu en mémoire. Vu d’en bas, le lieu était très bien éclairé, il y avait des lustres et des lampes suspendus au plafond. J’ai aussi vu ma mère d’en bas, elle était adossée à une chaise haute tout à côté de moi et essayait de capter mon regard, quelques personnes, dont le réceptionniste, se penchaient sur moi en échangeant des commentaires. On me souleva les jambes. De là, elle paraissait très vieille, ma mère, avec ses mi-bas tirés jusque sous les genoux et une jupe bleue trois-quarts. Son double-menton était très apparent, de la peau fripée qui pendouillait entre le bord de son visage et sa poitrine, ça tremblotait à chaque mot qu'elle disait, créant comme une caisse de résonnance à ses paroles. Elle avait le bras gauche baissé le long du corps, et le plus intéressant, c'était sa montre, au bracelet tellement large qu'il risquait de glisser de son poignet. Elle ne l'avait donc pas fait réparer ! Cette montre, c'était un cadeau de mon père et elle était maintenue par une espèce de chaîne en or un peu trop grande pour elle. À l'époque, elle avait promis d'aller la faire raccourcir chez un horloger. Elle ne s'en était toujours pas occupée.

"Regarde, tu la perds presque", disait de temps en temps mon père.

"Venez là, donnez-moi la main, accrochez-vous à moi, je vais vous tirer." Le réceptionniste m'aida à me relever.

"Haïm, ça va ? Que s'est-il passé ?"

"Je ne sais pas, je n'ai sans doute pas assez bu aujourd'hui, j'ai été pris de vertige et je suis tombé tout à coup."

"Le sel, c'est bien", dit ma mère. Elle me tendit un morceau de hareng.

"Succulent."

"Oui, c'est moi qui l'ai préparé." Elle était fière, cuisiner sans voir, c'était tout de même difficile.

"Merci de m'avoir tiré de là." Je souris à Myriam, un sourire qui n'avait pas de public, je le savais.

"Tu ne répéteras jamais ça à Sharon, tu m'entends ? Je te l'interdis." Elle me serra le bras très fort.

"Qu'est-ce que j'ai dit de si terrible ?"

"Que tu ne voulais pas d'enfants. Tu ne le répètes plus jamais, à personne. Je te le demande."

"Je suis très fatigué." Je fermai les yeux, trop de larmes me submergeaient. "Je suis désolé, je ne sais pas, ça me dépasse, tout ça. Excuse-moi, Myriam. Excuse-moi de te rendre dingue avec mes conneries, je sais que ton fils est mort pendant la guerre."

"Chacun fait ses choix. Il a essayé de sauver la terre entière et en route, il a abandonné sa mère." Elle aussi pleurait à présent.

"Au moins, c'est à moi qu'il t'a confiée, et pas à Dovelé qui bosse à l'étable !" On a ri tous les deux, parce que Dovelé était un type charmant mais qui parlait tout le temps, pas un instant de répit.

"Tu ne dois pas paniquer. Tu pourras élever Sharon au kibboutz. Tu auras beaucoup de soutien ici, tout le monde t'aidera. Tu dois cesser d'avoir peur. Allez, ça ira, comme on dit."

"Venez, ça ira." Ma nurse ouvrit la portière arrière du taxi.

"Vous voyez, c'est l'entrée de mon immeuble. C'était pareil à l'époque."

Le chauffeur nous devançait avec mes deux valises. Et là, ma tête commença à carburer, je sentis la pression très forte de mon imagination. À quoi ressemblait l'appartement ? Que restait-il des vieux meubles ? Revenir ici, après toutes ces années, je n'y croyais pas. J'espérais que ma fille allait bien, soudain, je fus saisi d'inquiétude pour elle. Je l'appellerai dès qu'on sera à l'intérieur.

Mes pas se firent lourds. Devant nous, le chauffeur poussa la porte de l'immeuble. Dans le cadre apparut le brun foncé de la première volée d'escalier.

"Venez, je vais vous aider... là, il y a une petite marche."

Nous voilà dans le hall.

"Je suis là, en cas de problème."

Je voulais tellement embrasser Leon.

"Le principal, c'est que tu ailles bien, j'ai eu un peu peur." Ma mère était penchée sur moi.

"Finalement, Sharon nous a sauvés, pas vrai, maman ?"

"Venez par là, levez un pied, dit la nurse. Vous êtes sûr que vous pouvez marcher ?"

"Ne vous inquiétez pas, je vais me débrouiller."

Au moins, ils avaient installé un ascenseur, dans lequel on entra pour monter au troisième étage. Attente. La porte s'ouvrit. Me voilà sur le seuil de notre appartement, l'appartement de mon père et de ma mère.

"Haïm ?... Haïm ?"

Je sentis un coup sur la tête.

GLOSSAIRE

Le Gaon de Vilna (1720-1797) : Eliahou ben Shlomo Zalman Kramer, plus connu sous le titre du Gaon de Vilna, est l'un des plus grands rabbins de l'ère des Aharonim, Gaon signifie non seulement “génie”, mais directeur d'une académie talmudique, un titre disparu. Il fut aussi un des farouches opposants au courant hassidique.

Ketouba : document qui fait office de contrat de mariage chez les Juifs.

Kippour : fête juive du Grand Pardon, consacrée au jeûne et à la prière, elle est l'une des plus grandes solennités de la religion juive, célébrée dix jours après le nouvel an juif (Rosh ha-Shana).

Kol Nidré : prière d'annulation publique des vœux. Prononcée trois fois elle ouvre l'office du soir de Kippour.

Mapaï : parti israélien de gauche fondé en 1930, il fut la force principale de la politique israélienne jusqu'à sa fusion avec le parti travailliste israélien en 1968.

Mapam : parti ouvrier unifié, né en Israël en 1948 et placé à gauche du Mapaï.

Mezouza : petit étui contenant deux passages du Deutéronome que les juifs placent au montant droit de la porte de leur logement.

Pourim : fête la plus solennelle du calendrier juif, qui tombe le quatorzième jour du mois hébreu d'adar. Elle commémore la victoire au Ve siècle avant notre ère des Juifs de l'Empire perse sur Haman, le grand vizir antisémite du roi de Assuérus, qui avait proclamé un décret permettant de massacrer tous les Juifs. On fête Pourim en faisant la charité aux pauvres, en s'échangeant de la nourriture, en prenant un repas l'après-midi, et en lisant le soir et le matin le livre d'Esther.

Rabbanite : femme d'un rabbin.

Shofar : instrument à vent utilisé dans le rituel juif. Fabriqué avec une corne de bélier ou d'un animal kasher, il représente le bélier sacrifié par Abraham à la place de son fils Isaac. Il est utilisé, à la fin de l'office du matin, du dimanche au vendredi inclus durant le mois d'Eloul et lors des fêtes de Roch Hachana et de Kippour.

Yeshiva : école talmudique.

RÉALISATION : NORD COMPO À VILLENEUVE-D'ASCQ
IMPRIMERIE NORMANDIE ROTO
DÉPÔT LÉGAL : SEPTEMBRE 2022. N° 146082 (2202249)
IMPRIMÉ EN FRANCE